어른을 위한
국어 수업

ZOHOBAN OTONA NO TAMENO KOKUGO ZEMI(増補版—大人のための国語ゼミ)

by Shigeki Noya

Illustrated by Hitomi Nakajima

Copyright © Shigeki Noya, 2018

All rights reserved.

Original Japanese edition published by Chikumashobo Ltd.

Korean translation copyright © 2022 by Memento Publishing Co.

This Korean edition published by arrangement with Chikumashobo Ltd., Tokyo, through HonnoKizuna, Inc., Tokyo, and BC Agency.

생각의 습관을 바꾸는
말하기와 글쓰기 연습

노야 시게키 지음
지비원 옮김

어른을 위한
국어 수업

메멘토

이제 학교에서 밀어져 버린 사람들을 위해, 즉 어린이나 청소년이 아닌 어른을 위해 국어 수업을 해 보려고 한다. 하지만 소설 읽는 법을 배우자는 것은 아니다. 우리가 생활하고 일을 하면서 필요한, 지극히 평범한 말하기와 글쓰기를 공부해 보자. 이런 말을 하면 '됐어! 지금 무슨 공부야.' 하고 생각하는 사람이 있을 것이다. 매일 쓰는 말과 글에 대해 새삼스럽게 배울 필요가 없다고 보기 때문이다.

이 책의 첫 번째 목표는 이런 사람들을 불러 모으는 것이다. 적당히 맞장구나 쳐도 될 잡담이라면 상관없겠지만 내 생각을 상대방에게 분명히 전달해야 할 때 정말로 잘 전달하고 있을까? 질문을 받고서 엉뚱한 답을 하고 있지는 않나? 이야기가 여기저기로 빗나가는 바람에 논의가 진전되지 않던 경험, 상대방의 이야기를 받아들이지 못하면서도 제대로 반론하지 못해서 답답했던 경험이 없나? 글을 읽은 뒤 빠르고 정확하게 내용을 파악하지 못해 몇 번이고 다시 읽어야 했던 때는 없나? 혹시 내 이야기나 글이 상대방에게 이런 부담을 준 적은 없나?

이제부터 내가 시작할 언어 수업에 참여할지 말지 망설이는 사람들을 위해 본문에 있는 문제 몇 가지를 골라 보았다. 이 수업에서는 앞으로 이런 문제에 대해 생각해 볼 것이다.

문제

코펠을 써 보기는커녕 전기밥솥으로 밥을 지어 본 적도 없는 고등학생들이 캠핑장에 가서 밥을 해 먹고 싶으니 밥 짓는 법을 가르쳐 달라고 부탁했다. 그래서 다음과 같이 밥 짓는 법을 설명해 주면 고등학생들은 뭐가 뭔지 몰라서 어리둥절할 것이다. 왜 고등학생들은 이 설명을 이해하지 못할까?

보통 반합은 네 홉들이라서 4인분 정도의 밥을 지을 수 있다. 우선 쌀을 인다. 그런 다음 쌀과 같은 양의 물을 부어 잠시 그대로 둔다. 물에 불려 둔 쌀을 화덕에 올리고 불을 붙인다. 중요한 것은 불 조절이다. 옛날부터 밥을 지을 때는 '처음에 부글부글 끓이다가 중간에 불을 낮춘다'고 하는데, 이게 핵심이다. 25분 정도 끓인 뒤 불을 끄고 잠시 뜸을 들이면 완성이다.

문제 다음 글에서 알맞지 않은 접속 표현을 하나 골라 수정해 보자.

모차르트의 초상화를 보면 머리카락이 파마를 한 것처럼 말려 있다. 하지만 이 머리카락은 가발이다. 그럼 왜 모차르트가 가발을 쓰고 있을까? 대머리라서가 아니다. 프랑스혁명 전 유럽에서는 귀족의 사교 모임 정장으로 가발이 필요했다. 그리고 프랑스혁명이 일어나 귀족이 힘을 잃어버리자 가발도 버려졌다. 예를 들어, 바흐나 모차르트는 가발을 썼지만 프랑스혁명 이후에 활동한 슈베르트나 쇼팽은 가발을 안 썼다.

문제 다음 주장에 대한 반론을 생각해 보자.

키가 큰 아이가 있나 하면 작은 아이도 있다. 이는 개성이지 우열을 가릴 문제가 아니다. 이와 마찬가지로 빨리 달리는 아이가 있나 하면 잘 달리지 못하는 아이도 있다. 이 또한 개성이다. 그러므로 운동회 달리기경주에서 순위를 매기면 안 된다.

문제를 본 소감이 어떤지 궁금하다. 이 문제들이 쉬운 편은 아니다. 해설과 예시 답안은 본문을 읽으면서 확인하기를 바란다. 다시 말하지만, 이 책의 목표 가운데 하나는 '국어 공부를 다시 해야겠다.' 하고 생각하게 만드는 것이다. 내가 낸 문제에 잘 대답하지 못해 갑갑하거나 초조한 기분을 느껴 보면 좋겠다. 물론 쉽게 대답할 수 있는 사람도 있을 것이다. 나는 오히려 그들이 대단하다고 생각한다.

그렇지만 이 책에서는 잘 대답하지 못한 사람들을 포기하지 않을 것이다. 이 책의 다른 목표는 말과 글을 갈고 닦는 데 도움을 주는 것이기 때문이다. 말과 글은 해설을 많이 읽는다고 해서 단련되지 않는다. 수영하는 법을 읽는다고 해서 수영할 수 있게 되지는 않는 것과 마찬가지다. 실제로 문제에 부딪쳐 보지 않으면 아무 도움도 받을 수 없다. 그렇다 해도 이 책에 일반적인 문제집처럼 많이 알려진 평론이나 해설을 싣지는 않았다. 그중 많은 글이 그다지 좋지 않거나, 요점이 명확하지 않거나, 복잡한 구조로 되어 있다. 이런 글들을 갑자기 맞닥뜨리는 일은 수영에 서툰 사람이 바다에 빠지는 것과 같다. 역시 처음에는 공부해야 하는 요점이 명확하고 불필요한 요소가 거의 없는 글, 실용성이 높은 글로 수영장에서 수영을 배우는 것처럼 연습해야 한다.

그래서 이 책의 예문은 내가 만들었다. 내용은 다른 글들을 참고했지만 예문으로 알맞게 고쳐 썼다. 사실 나는 이 작업이 매우 중요하다고 생각한다. 일찍이 국어 교과서는 감상하기에 좋은 글을 모은 명문집이었다. 그리고 이런 성격은 지금도 남아 있다. 하지만 이 책에서 내가 바라는 바는 명문도 아니고 명문을 감상하는 능력도 아니다. 글을 써서 먹고사는 이들의 글은 이른바 무대의상을 입고 우리 앞에 나타난다. 하지만 이 책에서는 평상복 같은 글을 다룬다.

정확히 전달될 수 있는 말을 하고 글을 쓰는 힘 그리고 이런 말과 글을 적확하게 이해하는 힘, 우리는 이런 힘을 갈고 닦아야 한다. 그러니 천천히 읽어 주면 좋겠다. 읽는다기보다는 문제에 대해 생각하며 책장을 넘기기를 바란다.

이 책은 문제와 해답이 한눈에 들어오지 않게끔 구성했다. 문제를 읽고 책장을 넘기기 전에 잠시 생각하기를 바라기 때문이다. 그래서 몇 시간 만에 뚝딱 읽기가 어려울 것이다. 적어도 일주일, 가능하다면 한 달 정도에 걸쳐 읽어 주면 좋겠다. 그렇게까지 해야 하나, 생각하는 사람이 있을 것이다. 사흘 이상 수업을 계속할 자신이 없는 사람도 있을 테다. 하지만 이 책에는 또 다른 목표, 세 번째 목표가 있다. 즐겁게 수업해 나가는 것이다. 아무리 유익한 책이라도 즐겁지 않으면 계속 읽을 수 없고 도움이 되지도 않는다. 평상복 같은 실용적인 글로 말과 글을 갈고 닦는 수업은 재미없기 십상이다. 하지만 할 수 있는 한 재미있는 내용을 담으려고 노력했다.

여기에 강력한 도우미들도 참여해 주었다. 책장을 넘기다 보면 군데군데 만화가 나오는데, 고등학생 네 명이 요점을 확인하거나 의문을 나타내거나 어설픈 개그를 한다. 이들은 나카지마 히토미 선생의 책 『시작해 봐요! 논리 선생님』에도 나온다. 이 책에서는 네 학생이 웃고 떠들면서 논리학을 배우는 만화를 볼 수 있다. 그래서 이들을 내 수업에 초대했다. 이들 덕분에 나도 이 수업을 즐기면서 해 나갈 수 있었다.

자, 이제 수업을 시작해 보자.

차례

들어가며　　　　　　　　　　　　　　　　　　　　5

등장인물들의 한마디　　　　　　　　　　　　　　　15

1부　입장 바꿔 생각해 본다 ─────────────

1　상대가 정말로 이해해 주기를 바란다면　　　　19

2　초등학생에게 세금에 대해 설명하기　　　　　　22

3　외국인에게 명절 풍습 알려 주기　　　　　　　　27

4　고등학생에게 밥 짓는 법 가르치기　　　　　　　36

2부　사실인가 생각인가 ─────────────

1　사실, 추측, 의견을 구별하자　　　　　　　　　47

2　사실은 다면적이다　　　　　　　　　　　　　　53

3　생각이 다른 사람에게 이야기하기　　　　　　　62

4　단정에서 벗어나기　　　　　　　　　　　　　　67

3부 머릿속을 정리한다 ─────────

1   생각나는 대로 쓰면 안 된다   77

2   필요한 것만 화제별로 순서에 주의하며 쓴다   84

3   스트레스에 관해 썼는데 스트레스를 받게 하는 글   90

4부 분명하게 연결한다 ─────────

1   접속 관계는 다양하다   101

2   연결 방법에 민감해지자   118

3   연결하며 쓰기   125

5부 맥락을 파악한다 ─────────

1   가지를 치고 줄기를 본다   143

2   글의 뿌리를 파악한다   148

3   요약문에서 해설과 근거를 다루는 방법   151

4   요약 연습: 초급   157

5   요약 연습: 중급   166

6부 주장의 근거를 알아보자 ────────────

1   반드시 근거를 제시하라   187

2   말이 안 되는 근거, 허약한 근거   201

7부 적확하게 질문한다 ────────────

1   질문 연습이 필요하다   217

2   정보를 구하는 질문, 의미를 구하는 질문, 논증하는 질문   223

3   좋은 질문, 나쁜 질문   232

8부 반론한다 ────────────

1   끝없는 논쟁에서 벗어나는 법   247

2   반론하는 요령   256

3   자, 반론이다   270

마치며   288

참고 문헌   291

부록 | 어떤 물음에 답하는 글인가   292

후기   298
옮긴이의 말   300

"웃으면 복이 와요."
논리적이고 모범적인
학생처럼 보이는 <u>유리</u>

"매도 먼저 맞는 놈이 낫다."
연애 이야기와
억지 부리기를 좋아하는 <u>하나</u>

"'정은 나눌수록
커진다'는 말의 뜻을
얼마 전에야 알았어."

분위기에 잘 휩쓸리고
사람을 좋아하는 <u>노마</u>

"역사는 반복된다."
기분파답게 논리가
여기저기로 잘 뛰는 <u>준</u>

삽화 | **나카지마 히토미** (仲島ひとみ)

1980년 지바 현 이치카와 시에서 태어났다. 도쿄대학교 대학원 인문사회계 (일본어학) 연구과 석사
과정을 수료하고 런던대학교 교육대학원에서 교수법 석사 학위를 받았으며 현재 국제기독교대학
교 고등학교 (국어과) 교사로 있다. 지은 책으로 『상설 고전문법』이 있다. 그리고 이 책에 등장하는
네 명의 고등학생이 활약하는 『어른을 위한 학습 만화: 시작해 봐요! 논리 선생님』을 펴냈다.

언어 수업

——————

1부

입장 바꿔
생각해 본다

1

상대가 정말로
이해해 주기를 바란다면

내가 겪은 일을 통해 이야기를 시작해 본다. 오랜만에 누님과 만나 느긋한 기분으로 이야기를 나누고 있을 때였다. 누님이 하는 이야기를 재미있게 듣던 나는 잘 이해되지 않는 부분이 나올 때마다 질문을 던졌다. 그랬더니 누님의 얼굴에 질문을 달가워하지 않는 듯한 표정이 비치기 시작했다. 내가 질문하는 방식이 안 좋았을지도 모른다. 나는 연신 "잠깐만, 그게 무슨 뜻이야?" "왜?" 하고 물었다. 딱히 이야기를 끊으려던 게 아니라 그저 누님의 이야기를 제대로 이해하고 싶었을 뿐이다. 그런데 왜 누님의 표정이 안 좋아졌을까?

'아, 그래서였구나.' 나는 누님과 헤어진 뒤에야 이 대화에 얽힌 진실 한 가지를 깨달았다. 누님은 내가 이해해 주기를 바라서 이야기한 게 아니다. 내가 그냥 들어 주기를 바란 것이다. 서로 맞장구를 치며 기분 좋게 대화하고 싶었는데, 동생이 하나하나 물어 가며 말을 자른다고 여기지 않았을까 싶다. 사실 대화에서 가장 중요한 것은 서로에 대한 이해가 아니라 리듬이다.

하고 싶은 말을 다 하면서 분위기에 어울리는 대화를 나누는 것도 즐겁지만 이것만으로는 충분하지 않다. 상대방을 고려하지 않는다면 이해하기 쉽게 말하고 글을 쓰는 게 가능할 리 없다. 또래 속에서 즐거운 대화만 나누며 무난하게 성장한 사람들은, 내 말이 상대에게 생각만큼 잘 전달되지 않는다는 사실을 알면 오히려 상대가 못 알아듣는다고 탓할 수도 있다. 그러면서 잘 맞는 사람들 사이의 편안함에 안주해 버리려고 한다. 최악의 경우, 알아주지 않는 상대를 배제하거나 상처 주기도 한다. 이런 상황에 빠지지 않으려면 상대에게 잘 전달될 수 있는 대화법이나 글쓰기를 익혀야 한다.

상대를 생각하면서 대화를 하고 글을 써야 한다는 사실을 다 안다고 생각할지도 모른다. 하지만 그렇게 쉽게 생각할 일이 아니다. 제대로 말하지 못하고 쓰지 못해서 벌어지는 일이 얼마나 많은가? 내 말이 상대에게 제대로 이해되는가에 대해 민감성을 키우고, 이해되지 못하는 상황을 싫어하기보다는 겸허히 수용하면서 이해받으려면 어떻게 할지를 진지하게 생각해야 한다. 몇 번이고 이런 경험을 해 봐야 한다. 한 번이 아니라 여러 번에 걸쳐서. 이 장에서는 이런 경험에 첫발을 디뎌 보자.

알아 두면 반드시 도움이 될 지식이나 기술 같은 것은 없다. 다만 상대방의 자리에서 생각하는 것이 전부다. 내가 말하는 것이 상대에게 전달될까 그렇지 않을까를 생각해야 한다. 이것뿐이다.

2

초등학생에게
세금에 대해 설명하기

　　이런 상황을 생각해 보자. 당신이 초등학교 6학년인 자녀나 조카와 슈퍼에 장을 보러 왔다. 물건을 다 사고 영수증을 받은 다음 집으로 돌아가려는 중이다. 그런데 아이가 당신 손에 들려 있던 영수증을 가져가서 보다가 갑자기 이렇게 묻는다. "'부가세'가 뭐예요? 물건 값에 이런 게 원래 있어요?" 알다시피 영수증에 물건 값만 표시되지는 않는다. '부가세' 또는 '부가가치세', '부가세 면세' 등 세금에 대해서도 적혀 있다. 아이는 돈을 내고 물건을 가져오는데 왜 이렇게 어려운 말이 끼어드는지 모르겠다는 눈치다.

　　자, 그래서 당신이 '부가가치세'에 대해 설명하려고 한다. 먼저 "퍼센트라는 말을 아니?" 하고 묻는다. 아이가 안다고 한다. 초등학교 6학년 1학기가 지났다면 백분율을 배웠을 것이다. 그래서 다음과 같이 설명해 본다.

세금 중에 '부가가치세'라는 게 있어. 물건의 정가에는 물건 값하고 부가가치세가 포함되지. 부가가치세는 물건 값의 10퍼센트니까 정가 1100원짜리 초콜릿에는 세금 100원이 포함되어 있는 거야.

하지만 아이는 세금이라는 말 자체가 뭔지를 모른다. 6학년 2학기가 돼야 '납세의 의무'에 관해 배우기 때문이다. 세금이 뭔지 잘 모르는 아이는 잇달아 질문을 퍼붓는다. "세금이 뭐예요?" "왜 괜히 돈을 더 내야 해요?" "그 돈은 가게 주인이 갖는 거예요? 너무하잖아요." 마지막에는 작은 목소리로 "정가가 뭐예요?"라고 묻기까지 한다.

> 다 안다고 생각하고 말하면 설명이 부족해지는구나.

> 아니, 근데… 나도 잘 모르면서 물건을 샀어.

* 본문에 제시된 예문과 문제 가운데 한국 사정에 맞지 않는 것들은 문맥을 벗어나지 않는 한에서 수정했다. — 한국어판 편집자

'퍼센트'를 안다는 사실을 확인한 데까지는 좋았으나 아이가 도무지 이해할 수 없게 설명했기 때문이다.

✐ 문제 1

예문 1을 (백분율은 배웠어도 세금은 아직 배우지 않은) 초등학교 6학년생도 알 수 있도록 고쳐 써 보자.

세금은 부과하는 기관에 따라 국세와 지방세로 나뉘며 그것을 거두는 방식에 따라 직접세와 간접세로 나뉜다. 부가가치세는 국세이며 간접세고, 지금 초등학생으로서는 의문이 든다. "왜 물건 값에 '부가세'라는 것이 포함되어 있는가?" 이 의문을 풀어 주는 데 세금의 종류까지 다 설명할 필요는 없을 것이다.

일단 부가가치세는 국세니까 초등학교 6학년생도 알 수 있도록 국세에 대해 설명하고, 물건을 살 때 '부가가치세'를 내야 한다는 사실을 이해시켜 보자. 이에 따라 설명하는 글을 써 본다.

✐ 고쳐 쓴 예문 1

나라에서 건물이나 도로를 만드는 등 다양한 일을 하려면 돈이 필요해. 이런 돈을 마련하도록 나라의 구성원인 우리가 '세금'이라는 것을 내지. 세금이 없으면 나라가 제구실을 할 수 없게 돼. 나라에서 할 일이 많은 만큼 큰돈이 필요하고 세금도 여러 가지가 있는데, 물건을 살 때는

'부가가치세'라는 세금을 내는 거야. '부가'라는 건 '뭔가가 더해진다'는 뜻이고 '가치'는 '어떤 물건의 쓸모'라고 할 수 있어. 그럼 '부가가치'의 뜻은 '어떤 물건의 쓸모가 더 커졌다'는 거겠지. 예를 들어, 사과를 산다고 해 보자. 사과는 나무에서 딴 뒤에 어떤 결과를 얻기 위해 손을 대지 않은 '농산물'이라서 '부가가치'가 더해지지 않았다고 나라에서 정했거든. 그래서 사과를 살 때는 세금을 내지 않아. 하지만 사과로 잼을 만들었다면 사과의 원래 가치에 '잼'이라는 쓸모가 더해졌다고 보고, 사과잼에 대해서는 세금을 내도록 정했지. 그리고 지금 부가가치세는 물건 값의 10퍼센트야. 그래서 5000원짜리 사과잼을 산다면 그 값의 10퍼센트, 곧 500원을 세금으로 내는 거야. 이 500원은 가게 주인이 갖는 돈이 아니라 나라가 쓰는 돈이지.

예문 1과 비교해 보자. 고쳐 쓴 예문 1은 초등학교 6학년생도 이해할 수 있을 것이다. 하지만 보통 우리는 예문 1 정도면 설명되었다고 생각하지 않을까?

이케가미 아키라(池上彰) 씨는 이해하기 쉬운 뉴스 해설로 이름이 나 있는데, 그가 해설 연습을 하게 된 계기가 〈주간 어린이 뉴스(週刊 こどもニュース)〉라는 TV 프로그램이라고 한다. 이 프로그램에 부부와 세 자녀가 나온다. 이케가미 아키라 씨는 여기에서 '아버지' 역을 처음 맡은 뒤로 11년 동안 어린이들에게 뉴스를 해설했다. 어른은 당연히 아는 상식이라도 어린이는 모르는 것이 많다. 이런 것들을 어떻

게든 이해시키려다 보니 이해하기 쉬운 해설이 나온 것이다. 그가 잔재주를 부린 것이 아니다. 오직 어린이처럼 생각하려고 했을 뿐이다.

'상대방의 자리에서 생각한다'는 말이 당연한 것처럼 느껴질지 모른다. 하지만 정말로 내 말에 힘을 실으려면 '상대가 이해해 주기를 바라는데 좀처럼 이해해 주지 않는다. 그래도 이해시키고 싶다.' 하고 절실해 봐야 한다. 이런 경험을 직접 해 보지 않은 채 책으로 배워도 충분하다고 생각하면 곤란하다. 그렇게 해서는 아무리 시간이 흘러도 이해하기 쉽게 설명하는 힘은 갖지 못한다. 내가 예문을 보여 주면서 독자에게 질문하는 것은 직접 해 보기를 바라기 때문이다.

3

외국인에게 명절 풍습 알려 주기

이제 다른 상황을 생각해 보자. 유진이 영국에 머무르면서 아시아 문화를 공부하는 여성과 알게 되었다. 이 여성은 아시아에 관한 지식이 제법 많아도 아시아에 실제로 방문한 적이 없다. 어느 날 그녀가 '명절'에 관해 유진에게 물었다. "명절이 어떤 날이죠?" '명절'이라는 말의 뜻은 당연히 알지만, 그날 무엇을 하며 어떻게 보내는지에 대해 구체적으로 알고 싶다고 한다.

유진은 명절을 간단명료하게 설명하는 데 애를 먹는다. 머리에 떠오르는 명절만 해도 설, 단오, 추석 등 여러 가지다. 게다가 명절마다 기리는 방식과 음식도 다르다.

유진은 거의 한 달에 한 번꼴로 명절이 있다는 사실은 일단 접어두고 설과 추석에 대해 설명하기로 했다. 당일과 앞뒷날 등 적어도 사흘은 공휴일로 지정할 만큼 중요한 명절일 뿐만 아니라 거의 모든 국민이 설과 추석을 쇠기 때문이다. 이렇게 생각한 유진이 설과 추석에 대해 다음과 같이 설명한다.

✎ 예문 2

크고 작은 명절이 여럿 있지만 대표적인 명절은 설과 추석이에요. 설은 음력 1월 1일이고, 추석은 음력 8월 15일이죠. 설은 한 해의 시작이라서, 추석은 가을걷이가 한창인 때라서 아주 중요해요. 명절에는 평소 학교나 직장 때문에 떨어져 지내던 가족도 한데 모여서 전통 옷을 입고 차례를 지내요. 차례상에 올리는 음식이 달라서, 떡국과 송편이 각각 설과 추석을 대표하는 음식이에요. 성묘를 가는 건 두 날의 공통점이네요. 또 민속놀이를 해요. 이런 명절 풍경을 아주 쉽게 볼 수 있어요.

⚖ 문제 2

상대방이 아시아의 명절 문화를 구체적으로 알고 싶어 하는 서양 사람이라는 사실을 생각해서 예문 2 가운데 잘 이해되지 않거나 설명이 부족한 부분을 찾아보자.

나는 다음과 같이 일곱 가지를 정리해 보았다.

1) 명절이라는 말은 왜 쓰게 되었나?
2) 음력이란 무엇인가?

3) 차례란 무엇인가?

4) 차례상은 무엇인가?

5) 떡국과 송편은 무엇인가?

6) 성묘란 무엇인가?

7) 민속놀이란 무엇인가?

세 번째와 네 번째 사항은 하나로 묶을 수 있다. 그럼 외국인이 이해하기 어려운 고유문화 여섯 가지를 다 찾았다면 성공이다. 이제 명절부터 다시 생각해 보자.

✍ **문제 3**

명절이 어떤 날이냐고 물은 외국인이 명절의 뜻을 정확히 알고 있으리라는 법은 없다. 상대가 명절의 뜻을 알고 있다고 가정한 채 설명하기 시작하면 첫 단추부터 잘못 끼우는 꼴이 되기 쉽다. 무엇보다 명절의 뜻부터 알기 쉽게 다시 설명해 보자.

애초에 음력이나 성묘같이
외국인에게 낯선 말을
마구 쓰면 안 되지!

🖊 문제 4

상대가 명절에 대해 아는 것이 거의 없다고 생각하고 다음 사항들을 설명해 보자.

1) 음력이란 무엇인가?
2) 차례란 무엇인가?
3) 차례상은 무엇인가?
4) 떡국과 송편은 무엇인가?
5) 성묘란 무엇인가?
6) 민속놀이란 무엇인가?

여러분의 지식을 평가하려는 질문이 아니다. 잘 모르는 사항에 대해서는 자료를 찾아봐도 좋다. 앞에 있는 질문들에 대한 답을 머릿속으로는 알아도 설명하기가 어렵다는 사람이 실제로 많을 것이다.

'명절이 어떤 날인가'에 답하는 데 쓰일 만한 단어들을 하나하나 아주 자세하게 설명할 필요는 없다. 다만 기본은 짚고 넘어가자.

그럼 문제 3을 생각해 보자. 이 책을 읽는 사람이라면 거의 다 명절이 뭔지 알 것이다. 그러나 왜 '명절'이라는 이름이 붙었는지 생각해 본 사람은 많지 않을 것이다. 한자를 보면 '명(名)'은 '이름'을 뜻하고 '절(節)'은 시간의 마디, 어떤 '때'를 나타낸다. 그럼 명절의 뜻이 분명해진다. 한마디로 '이름을 붙일 만큼 특별한 날'이다. 먼 조상들이 그냥 흘려보내기에는 아쉽다며 이름 붙여 기린 날이다.

그런데 명절이 왜 특별할까? 이것은 계절에 따른 기후 변화와 큰 관계가 있다. 추석과 닮은 추수감사절이 서양에 있듯 인류의 기본적인 생산 활동인 농사는 계절의 변화에 민감할 수밖에 없다. 씨를 뿌렸다 열매를 거두기까지 때를 맞춰 해야 할 일이 얼마나 많은가? 그러니 한 해의 흐름 속에 계절마다 좋은 날을 골라 그때에 맞는 일을 하던 것이 오랫동안 이어 내려오면서 자연스럽게 명절이 되었다고 한다. 외국인 친구에게 이 정도를 이야기해 준다면 명절에 대한 설명으로 충분할 듯싶다.

✍ **문제 3 예시 답안**

명절이라는 말부터 쉽게 다시 설명하면 좋겠다고 생각해 다음과 같이 이야기하려고 한다.

"'명절'이라는 말에서 '명'은 '이름'을, '절'은 특별한 날을 뜻해요. 한마디로 명절은 '이름을 붙일 만큼 특별한 날'이지요. 아주 오래전부터 사람들이 계절마다 좋은 날을 골라 그때에 맞는 일을 했다고 해요. 꼭 해야 할 일을 하는 중요한 날들이 자연스럽게 명절이 되었어요."

✎ 문제 4 예시 답안

1) 음력: 달이 지구를 한 바퀴 도는 시간을 기준으로 한 해를 설정하는 방법.

2) 차례: 정성껏 음식을 마련해 조상의 넋을 기리는 일.

3) 차례상: 차례를 위해 음식을 차려 놓은 상.

4) 떡국, 송편: 주식의 재료인 쌀로 만든 음식. 설에 먹는 떡국은 희고 긴 떡처럼 병 없이 깨끗하게 오래 살길 바라는 마음, 추석에 먹는 송편은 소로 가득 찬 떡처럼 알곡이 잘 여물기는 바라는 마음이 담김.

5) 성묘: 조상의 묘를 찾아가서 돌봄.

6) 민속놀이: 오래전부터 전해 내려오는 놀이.

사실 나도 이 답안을 생각해 내느라 꽤 힘들었다. 예를 들어, '차례'를 '조상에게 드리는 제사'라고 설명하면 '제사'를 또 설명해야 한다. 이런 고민을 독자 여러분도 꼭 해 보기를 바란다. 많이 고민할수록 이해하기 쉽게 설명하는 힘이 커질 것이다.

앞에서 지적한 사항들에 주의하면서 자신이 유진이라 생각하고 예
문 2를 고쳐 써 보자.

상대가 이해해 주기를 바라는 마음이 얼마나 간절한지를 시험해
보자. 이 책에 있는 연습 문제로는 그런 마음이 안 생길지도 모른다.
하지만 부디 내 눈앞에 있는 사람이 이해해 주기를 바라며 연습해 보
면 좋겠다.

✏️ 고쳐 쓴 예문 2

명절이라는 말에서 '명'은 이름, '절'은 특별한 날을 뜻해요. 그래서 명절
은 '이름이 붙은 특별한 날'이라는 뜻이에요. 우리나라는 아주 오래전부
터 계절마다 좋은 날을 골라서 여러 가지 중요한 일을 했어요. 이런 날
들이 명절이 됐지요. 크고 작은 명절이 있지만, 대표적인 설과 추석에 대
해서 이야기해 볼게요. 설은 음력 1월 1일이고, 추석은 음력 8월 15일이
에요. 우리는 달이 지구를 한 바퀴 도는 시간을 기준으로 1년을 설정한
'음력'을 오래전부터 쓰면서 명절을 만들었어요. 설은 한 해의 시작이
고 추석은 가을걷이를 하는 때라서 가장 중요한 명절로 꼽혀요. 이때는
전통 의상을 즐겨 입고, 학교나 직장 때문에 떨어져 지내던 가족도 한
데 모여 가족의 뿌리인 조상을 생각하면서 '차례'라는 행사를 치러요.
차례는 조상의 넋을 기리면서 음식을 정성껏 마련해 드리는 건데, 이

음식이 차려진 상을 '차례상'이라고 해요. 설에는 떡국을, 추석에는 송편을 차례상에 올리죠. 주곡인 쌀로 평소에는 밥을 지어 먹는데, 명절처럼 좋은 날에는 떡을 만들어 먹어요. 희고 긴 떡을 썰어 만든 떡국은 병 없이 깨끗한 몸으로 오래 살길 바라는 마음, 송편은 소를 가득 채운 떡처럼 알곡이 잘 여물기를 바라는 마음이 담겨 있다고 해요. 설과 추석에는 조상의 묘를 찾아가서 돌보는 성묘도 해요. 또 가족이 모인 만큼 다 같이 놀기도 해요. 오래전부터 해서 모두가 아는 민속놀이를 많이 하죠. 명절을 보내는 모습은 집집마다 비슷해 보여요. 사실 동아시아에 있는 한국, 중국, 일본이 다 설과 추석을 명절로 보내요. 물론 나라마다 이름이 다르고 양력과 음력의 차이는 있지요.

여기서 나는 특별한 말하기나 글쓰기의 기술이 아니라 오직 '상대방의 자리에서 생각해야 한다'는 점을 강조하고 싶다. 이런 것은 '언어력'과 다르다고 볼 수도 있다. 그 생각도 일리가 있다. 하지만 상대를 생각해서 그 사람이 이해할 만한 말로 바꾸거나 설명을 보탤 수 있는 힘은 분명히 언어력이다. 그래서 상대방의 상황을 생각해서 이해시키려는 노력이 언어력을 갈고 닦는 길이다.

이는 곧 언어력을 연마하면 상대를 배려해 쓰거나 말할 수 있게 된다는 뜻이다. 언어력이 없으면 상대에 따라 어떻게 바꿔 표현해야 좋을지를 전혀 모른다. 그러면 상대를 이해시키려는 노력이 매우 성가시게 느껴질 것이다. 언어력이 높을수록 상대에 대한 이해의 문턱이

낮고 성가시다는 생각도 적다. 성가시다는 생각이 적을수록 상대를 배려하는 마음이 커진다.

그러므로 '상대방의 자리에서 생각한다'는 점과 '이해하기 쉽게 설명한다'는 언어력은 밀접한 관계에 있다. 이것은 나선형 구조를 보인다. 그리고 나선형 구조는 부정적인 것과 긍정적인 것으로 나뉜다.

· **부정적인 나선형 구조**

언어력이 없다 ⟶ 설명하기가 성가시다

⟶ 상대를 배려하지 않게 된다

⟶ 상대를 배려하지 않기 때문에 언어력도 쌓이지 않는다

· **긍정적인 나선형 구조**

상대의 자리에서 생각한다 ⟶ 언어력이 좋아진다

⟶ 상대를 더 잘 이해하게 된다 ⟶ 언어력이 더 쌓인다

모쪼록 부정적인 나선형 구조에서 벗어나 긍정적인 나선형 구조로 향하길 바란다.

4

고등학생에게
밥 짓는 법
가르치기

다음 문제로 넘어간다. 이런 상황을 생각해 보자. 고등학생들이 조언을 구하러 찾아왔다. 캠핑장에 가서 밥을 지어 먹고 싶다는 것이다. 이들은 코펠을 써 보기는커녕 전기밥솥으로 밥을 지어 본 적도 없다. 밥은 쌀로 만든다, 밥 만드는 일을 '밥을 짓는다'고 한다는 건 알지만 그 이상은 모른다. 그래서 밥 짓는 법을 적어 주기로 했다. 다음 예문을 보자.

✏ **예문 3**

보통 반합은 네 홉들이라서 4인분 정도의 밥을 지을 수 있다. 우선 쌀을 인다. 그런 다음 쌀과 같은 양의 물을 부어 잠시 그대로 둔다. 물에 불려 둔 쌀을 화덕에 올리고 불을 붙인다. 중요한 것은 불 조절이다. 옛날부터 밥을 지을 때는 '처음에는 부글부글 끓이다가 중간에 불을 낮춘다'

고 하는데, 이게 핵심이다. 25분 정도 끓인 뒤 불을 끄고 잠시 뜸을 들이면 완성이다.

그렇다. 이 학생들은 '쌀을 인다'는 말이 무슨 뜻인지도 모른다. 하지만 내 말을 못 알아듣는다고 해서 바보 취급을 하면 안 된다. 가르침을 받지 않고 성장한 사람은 없다. 이해하기 쉽게 설명하지 못한 사람이 부족한 것이다.

이런 의미에서 나부터 반성하고 다음과 같이 고쳐 써 보았다. 그래도 아직 미흡하다. 어느 부분이 미흡한지 생각하면서 읽어 보자.

✎ 고쳐 쓴 예문 3

보통 반합은 네 홉들이라서 4인분 정도의 밥을 지을 수 있다. 쌀을 반합 속뚜껑에 평미레질해서 담으면 두 홉, 겉뚜껑에 평미레질해 담으면 세 홉이다. 우선 쌀을 씻는다. 그런 다음 쌀과 같은 양의 물을 부어 30분 정도 그대로 둔다. 반합 본체 안쪽에는 선이 두 개 그어져 있다. 두 홉으로 밥을 지을 때는 아래쪽 선까지 물을 붓고, 네 홉일 때는 위쪽 선까지 물을 붓는다. 세 홉으로 지을 때는 당연히 두 선의 중간까지 물을 붓는다. 이 과정을 생략하면 밥이 설익는다.

캠핑장에는 화덕이 있으니, 여기에 불을 붙인다. 그다음에 준비된 반합을 올리고 끓이기 시작한다. 중요한 것은 불 조절이다. 옛날부터 밥을 지을 때는 '처음에 부글부글 끓이다가 중간에 불을 낮춘다'고 하는데, 이게 핵심이다. 강불에 반합을 올리고 기다리다가 밥물이 끓어 넘치지 않도록 중불로 낮춘다. 어느 정도 끓어 밥물이 안 보이면 약불에 둔다. 처음 끓기 시작한 뒤 20분쯤 지나 반합에서 '톡톡', '타닥타닥' 튀는 듯한 소리가 들리면 불에서 아예 내린다. 그런 다음 10분 정도 뜸 들이기만 하면 완성이다.

✎ 문제 6

고쳐 쓴 예문 3에서 고등학생이 이해하지 못할 것 같은 부분을 지적하고 어떻게 고쳐 쓰면 좋을지 생각해 보자.

여유가 없는 사람은 문제 6에서 끝내도 되지만, 여유가 있다면 꼭 글 전체를 고쳐 써 보기를 바란다. 글만 읽고도 고등학생이 밥을 지을 수 있게 하려면 어떻게 설명해야 좋을지, 상대의 자리에서 생각해 처음부터 끝까지 써 보자. 실제로 써 보지 않으면 '상대의 자리에서 생각한다'는 말, 즉 지금까지 머리로만 알고 있던 말을 진정으로 깨닫지 못한다. 직접 손을 써 가며 '상대의 자리에서 생각한다'는 원칙을 몸으로 익혀야 한다.

✎ 문제 7

고쳐 쓴 예문 3을 고등학생들이 잘 이해할 수 있도록 다시 고쳐 써 보자.

우선 '밥을 짓는다'라는 말 정도밖에 모르는 고등학생에게 '반합'이니 '평미레질'이니 **전문용어**를 설명 없이 쓰면 안 된다. 그런데 이런 단어의 뜻만 설명하면 그만일까?

고쳐 쓴 예문 3에서 고등학생이 잘 이해하지 못할 대목을 짚어 보자.

1) '반합'이란 무엇인가?
2) '홉'이란 무엇인가?
3) '평미레질'은 어떻게 하나?
4) 쌀은 어떻게 씻어야 좋을까?

5) ‘밥이 설익는다’면 어떤 상태인가?

6) ‘화덕’이란 무엇인가?

7) 화덕에는 불을 어떻게 붙이나?

8) ‘강불’, ‘중불’, ‘약불’은 각각 어떤 상태인가?

9) 불 조절을 어떻게 할 수 있을까?

10) ‘끓어 넘친다’면 어떤 상태인가?

11) ‘뜸 들이기’는 어떻게 하나?

그러면 다시 고쳐 써 보자.

야외에서 밥을 지을 때는 '반합'이라는 식기와 쌀, 물을 준비한다. 보통 반합으로는 쌀 네 홉까지 담아 밥을 지을 수 있다. '홉'이란 곡식이나 가루 등의 부피를 재는 단위로, 한 홉이 180밀리리터쯤 된다. 쌀이 한 홉이라면 2인분이고 밥이 한 홉이라면 1인분인데, 이건 평균치일 뿐이니 양은 식욕에 따라 조절한다. 쌀의 양은 반합 뚜껑으로 잴 수 있다. 뚜껑에 쌀을 수북하게 담은 뒤 젓가락 같은 것으로 넘친 쌀을 평평하게 밀어 뚜껑에 꼭 맞게 채우면 속뚜껑에는 두 홉, 겉뚜껑에는 세 홉이 들어간다.

이제 쌀을 씻는다. 쌀에 물을 붓고 너무 세지 않은 힘으로 쌀을 비벼 씻은 다음, 물만 버린다. 이렇게 두세 번 씻으면, 뽀얗던 물이 점점 맑아져서 쌀이 보일 정도가 된다. 그러면 다 씻은 것이다.

깨끗하게 씻은 쌀에 다시 물을 부어 30분쯤 그대로 둔다. 물의 양은 반합 본체 안쪽에 있는 선 두 개를 참고한다. 두 홉으로 밥을 지을 때는 아래쪽 선까지 물을 붓고, 네 홉일 때는 위쪽 선까지 물을 붓는다. 세 홉으로 지을 때는 두 선의 중간까지 물을 붓는다. 이렇게 하고 30분쯤 두면 쌀이 물을 빨아들인다. 이 과정을 거치지 않으면 밥을 지어도 쌀이 제대로 익지 않아 딱딱하다.

캠핑장에는 불을 피울 수 있는 화덕이 있으니, 여기에 불을 붙인다.

처음에는 종이나 마른 나뭇잎 같은 것에 불을 붙이고, 그 불이 장작에 옮겨 붙게 한다. 불을 잘 붙였으면 준비된 반합을 올리고 끓기를 기다린다. 중요한 것은 불 조절이다. 옛날부터 밥을 지을 때는 '처음에 부글부글 끓이다가 중간에 불을 낮춘다'고 하는데, 이게 핵심이다. 곧 처음에는 반합 바닥 전체가 불과 닿을 만큼 강불에 반합을 올리고 기다리다가 밥물이 끓어 반합 밖으로 넘치려고 하면 장작을 빼서 중불로 낮춘다. 반합 바닥의 가운데만 불과 닿게 하는 것이다. 이렇게 어느 정도 끓어 밥물이 안 보이면 반합 바닥에 불이 닿을락 말락 하도록 약불에 둔다. 처음 끓기 시작하고 20분쯤 지나 반합에서 '톡톡', '타닥타닥' 튀는 듯한 소리가 들리면 불에서 아예 내린다. 그런 다음 10분 정도 그대로 둔다. 반합에 남은 열기로 밥알이 잘 익도록 뜸을 들이는 것이다. 이때는 뚜껑을 꼭 덮어야 한다. 10분 정도 지나면 완성이다.

2부

사실인가
생각인가

1
사실, 추측, 의견을
구별하자

'**사실**'이란 무엇인가? 이것이 '**생각**'과
어떻게 다른가? 이는 간단히 답할 수 있는 문제가 아니다. 그리고 사
실과 생각은 종종 완벽하게 구분되지 않는다. 이에 대해서는 나중에
좀 더 살펴보자.

일단 사실은 '옳고 그름이 이미 확정되어 있는 사항'이라고 할 수
있다. 예를 들어, '외계인이 있다'는 말은 아직 진위가 확정되지 않았
기 때문에 사실이라고 할 수 없다. 이에 비해 '우주인의 수가 500명
을 넘는다'는 말은 조사를 통해 참인지 거짓인지를 알 수 있다. 인류
의 우주 탐사에 관한 책을 찾아보거나 인터넷 검색을 활용해 믿을 만
한 정보를 확인한다면, 놀랍게도 '우주인의 수가 500명을 넘는다'는
말을 사실이라고 서술할 수 있다.

사실이 아닌 것은 어디까지나 자기 생각이라고 밝힌 뒤 주장해야

만 한다. 어떤 문장에 서술된 것이 사실인지 생각인지는 문맥에 따라 분명해지는 경우가 많다. 하지만 그렇지 않은 경우에는 '~일 것이다', '~라고 생각한다', '내 생각에는' 같은 표현으로 그 문장이 자신의 생각임을 분명히 밝혀야 한다. 자기 생각일 뿐인데도 마치 옳거나 그르다고 확정된 사실처럼 서술하면 사기와 같다.

또한 생각을 서술할 때는 '추측'과 '의견'으로 구분한다.

먼저, 추측은 사실이라고 생각하지만 아직 불확실한 사항을 서술하는 것이다. 드넓은 우주에서 지구에만 지적인 생명체가 있다고 단정할 수는 없지만 '외계인이 있다'는 문장은 추측을 나타낸다.

생각의 다른 유형은 의견이다. 예를 들어, '우주여행을 해야 한다'는 말은 사실이나 추측이 아니라 의견을 담고 있다. 우주여행은 어마어마한 돈이 들기 때문에 이런 의견을 가진 사람이 많지는 않을 것이다. 하지만 민간 우주여행 예약자가 수백 명에 이르고, 첫 번째 예약 확정자인 일본 기업가 마에자와 유사쿠(前澤友作)는 어릴 때부터 우주를 동경했다고 한다.

'의견'이 무엇인가를 정확히 밝히기는 어렵다. 일단 '어떤 사항에 대해 가치나 중요성을 평가하거나, 어떻게 해야 한다고 규범을 서술하거나, 찬성 또는 반대의 태도를 표명하는 것'으로 이해하면 좋겠다.

```
┌─ 사실로서 서술되어 있다
│
└─ 생각으로서 서술되어 있다 ──┬─ 추측으로서 서술되어 있다
                              │
                              └─ 의견으로서 서술되어 있다
```

이를 확인하기 위해 문제를 살펴보자.

✎ **문제 8**

다음 문장들을 보고 사실로서 서술된 것, 추측으로서 서술된 것, 의견
으로서 서술된 것 등을 구별해 보자.

1) 나는 사형 제도가 필요하지 않다고 생각한다.

2) 현재 세계에는 법적으로 사형을 폐지했거나 사실상 사형을 집행하
   지 않는 나라가 많다.

3) 사형이 범죄를 억지하는 효과가 있다고 주장하는 사람들이 있다.

4) 사형이 있다고 해서 범죄를 생각으로만 끝내는 사람은 거의 없을
   것이다.

1)과 4)는 문장 끝부분을 보면 쉽게 답할 수 있을 것이다. 2)와 3)은
조금 헷갈릴지도 모른다. 2)는 제도적, 실질적 사형제 폐지국이 그렇
지 않은 나라보다 많은가를 확인해 보면 사실이라는 것을 알 수 있
다. 그리고 3)에서 '사형이 범죄를 억지하는 효과가 있다'는 부분은

49

일부 사람들의 의견이지만, 이를 포함하는 전체 문장은 '그렇게 주장
하는 사람들이 있다'는 사실을 서술한다.

✎ **문제 8의 해답**

1. 의견   2. 사실   3. 사실   4. 추측

좀 더 어려운 예를 들어 보자.

예전부터 파스타는 소금을 넣고 삶는다고 했지만 최근에는 소금
이 필요하지 않다고도 한다. '파스타를 삶을 때 소금은 필요 없다'는
말이 사실을 서술했는지 의견을 서술했는지가 애매하다.

'필요 없다'는 주장을 의견이라고 할 수 있다. 그렇다면 '사형 제도

는 필요 없다'는 주장은 의견으로서 서술되었다고 보는 편이 알맞을 듯하다. 그러나 '국립공원은 입장료가 필요 없다'는 말은 사실을 서술한다. 다시 말해, '필요 없다'는 것만으로 사실인지 의견인지를 분명히 가를 수는 없다. 문맥으로도 판단하기 어려운 경우는 어떨까? 결국 당사자에게 물어볼 수밖에 없다.

어려운 예가 또 있다.

준: "브라질의 수도는 상파울루야."

"브라질의 수도는 상파울루여야 한다." 또는 "브라질의 수도는 상파울루라고 본다."가 아니다. '브라질의 수도는 상파울루'라고 단정

하고 있다. 준의 말은 물론 사실이 아니다. 브라질의 수도는 브라질리아다. 하지만 준은 사실처럼 말하고 있다. 곧 틀렸는데도 '사실로' 주장하는 것이다. 사실로 주장하는 경우에는 올바른 주장뿐만 아니라 잘못된 주장도 포함된다.

사실로 주장하는가, 추측으로 주장하는가, 의견으로 주장하는가. 이 세 경우의 차이에 관해 간단히 정리해 보자.

- **사실로 주장하는 사람: 주장의 진위가 이미 확정되었다고 생각한다.**
- **추측으로 주장하는 사람: 사실 여부에 대한 생각이 불확실하다.**
- **의견으로 주장하는 사람: 가치, 중요성, 규범, 찬반 태도를 드러낸다.**

2
사실은
다면적이다

　　　　　　　　　　지금까지 우리는 사실로 서술한 주장과
(추측과 의견 등) 생각으로 서술한 주장을 구별했다. 하지만 독자들 가
운데 사실과 생각을 명확히 구별할 수 있는지 의문을 품은 사람이 있
을 것이다. 나는 이런 의문이 옳다고 본다. 내가 앞에서 말한 것을 무
르겠다는 뜻은 아니다. 사실로 주장하는지 생각으로 주장하는지는
반드시 구별해야 한다. 그런데 여기에 심각한 문제가 도사리고 있다.

　사실 이런 구별이 중요하다고 가르치는 것은 새삼스럽지 않다. 일
본의 경우, 초등학교 5·6학년생에게 사실과 의견의 구별을 가르치
도록 되어 있다. 그리고 이런 교육의 효시는 기노시타 고레오(木下是雄
물리학자. 가쿠슈인대학 교수, 일본 응용물리학회 회장 등을 지냈다. — 옮긴이)
가 1981년에 펴낸 뒤 지금까지 읽히는『과학 글쓰기 핸드북(理科系の作
文技術)』이 아닌가 싶다.

이 책 가운데 '사실과 의견'이라는 제목이 붙은 7장의 첫머리에 다음과 같은 이야기가 있다.

미국에서 초등학생용으로 편집한 언어 능력 책이 있는데, 어느 날 그중한 권을 펼쳐 보았다. 초등학교 5학년생을 위한 책이었다. 그 책에 다음과 같은 예문이 있었다.

조지 워싱턴은 미국에서 가장 위대한 대통령이다.
조지 워싱턴은 미국의 초대 대통령이다.

그리고 이 중 어느 문장이 사실을 이야기하는가, 사실과 의견은 어떻게 다른가를 묻는 대목이 이어졌다고 한다. '위대한'이라는 말은 의견이며 사실이 아니다. 기노시타 선생은 이 부분을 읽고 충격을 받았다고 한다. 이 교과서 시리즈는 이뿐만 아니라 여러 곳에서 사실과 의견의 구별을 가르치고 있었다. 이를 바탕으로 기노시타 선생은 사실과 의견의 구별이 중요하다는 것을 말한다. 나도 사실과 의견의 구별이 중요하다는 데 동의한다. 앞에서 말했듯이 자기 의견일 뿐인데도 사실처럼 주장한다면 사기다.

그런데 『과학 글쓰기 핸드북』이 자연과학 논문 작법을 가르치는 책이라는 사실을 잊어서는 안 된다. 자연과학에서는 사실 주장과 의견 주장을 상당히 명확하게 구별할 수 있다. 하지만 자연과학이 아닌 경우 꼭 그렇지는 않다.

기노시타 선생이 미국 교과서의 예를 든 것에 반대하려는 뜻은 없지만, 일본의 중학교 2학년 교과서 『신편 새로운 국어 2(新編新しい国語2)』에 실린 고자이 히데노부(香西秀信: 수사학자이자 교육학자. ― 옮긴이)의 「'옳은' 말은 믿을 수 있나('正しい'言葉は信じられるか)」를 소개해 본다. 단순하게 '사실과 의견을 구별해야 한다'고 주장하는 데서 그치지 않고 '사실'이란 무엇인가를 생각하게 하는 글이다.

고자이 선생은 두 신문의 보도 논조를 제시하면서 이들을 비교해 보자고 한다.

A신문: ○○○장관을 둘러싼 시민들로부터 많은 질문과 의문이 나왔으나 장관은 이를 태연히 무시했다.

B신문: ○○○장관을 둘러싼 군중으로부터 많은 욕설이 쏟아졌으나 장관은 냉정을 잃지 않았다.

고자이 선생은 이 두 문장을 두고 '어느 쪽이 사실인가'를 묻는 것은 의미가 없다고 말한다. 어느 쪽도 틀리지 않았기 때문이다. 하지만 각 신문이 독자에게 주는 인상은 정반대라고 할 수 있다.

고자이 선생이 제시한 예는 결코 드문 경우가 아니다. 예를 들어, 오키나와에서 미군 기지를 헤노코로 옮기는 문제를 두고 최고재판소(한국의 대법원에 해당하는 일본의 사법기관. ― 옮긴이)가 내린 결론이 있다. 이에 대해 요미우리신문은 '헤노코 소송, 국가의 승소 확정'이라는 큰 제목으로 1면에 실었으나, 마이니치신문은 '헤노코 소송, 오키나와현의 패소 확정'이라는 제목을 내세웠다. 물론 이 판결은 '국가의 승소'인 동시에 '오키나와현의 패소'다. 신문사는 어느 한쪽을 택하기 마련이고, 독자는 이를 보고서 신문사의 관점까지 읽어 내야 하는 것이다.

이 상황을 두고 단순히 '사실과 의견을 구별해야만 한다'고 말하기는 어렵다. 어떤 사실을 묘사해도 그 바탕에는 반드시 특정한 관점이 있다. 자연과학 분야는 기본적인 사고방식을 공유하기 때문에 특정한 관점을 바탕으로 사실을 다루어도 딱히 문제가 안 될지도 모른다. 하지만 우리 생활과 관련된 다양한 사실, 인물이나 사회에 관한 사실 또는 오락이나 예술과 관련된 많은 사실은 한 가지 관점을 바탕으로 안정되어 있지 않다. 이에 관한 여러 관점이 있으며 사실은 다면성을 띠고 나타난다.

이에 대해 우리는 '같은 말이라도 아 다르고 어 다르다'고 표현한다. '좋게 말하면~', '나쁘게 말하면~'이라는 말을 쓰기도 한다. 예를 들어, "준은 좋게 말하면 주관이 뚜렷하고 나쁘게 말하면 분위기를 잘 못 읽어." 하고 말하는 것이다.

그렇다면 '좋지도 나쁘지도 않은' 중립적인 묘사만 사실 묘사로 인정해야 할까? 나는 그렇게 생각하지 않는다. 우리 생활에 관련된 많은 일들은 한 가지 측면으로만 설명할 수가 없다. 앞에서 말했듯이 어떤 사실 묘사도 바탕에는 '주관'이, 그것도 복수의 '주관'이 있다. 객관적 사실 하나를 둘러싼 주관적 의견이 여럿이라는 뜻이 아니다. 우리는 오히려 **사실 자체의** 다면성을 인정해야 한다. 그리고 사실의 다면성을 인정하면서 그 위험성에 대해서도 충분히 이해할 필요가 있다.

자기 관점을 절대시하며 일방적인 면만 이야기하지 말고 다른 관점이 있지는 않은지, 사실의 다면성에 대해 민감해져야 한다. 이를 위해서라도 한 가지 사항을 다양하게 표현하는 언어력이 필요하다.

그럼 문제를 살펴보자.

다음 빈칸에 어울리는 표현을 생각해 보자.

1) 좋게 말하면 _____ , 나쁘게 말하면 구두쇠다.

2) 좋게 말하면 어머니의 뜻을 잘 받드는 아들이고, 나쁘게 말하면

_____ .

3) 정부가 좋게 말하면 _____ , 나쁘게 말하면 일관된 방침 없이

그때그때 지시만 내렸다.

✍ **문제 9 예시 답안**

1) 절약가 2) 마마보이다 3) 상황에 유연하게 대처했고

이와 다르게 표현할 수도 있다. 1)은 '부지런한 개미'나 '실속파',
2)는 '어머니 그늘에서 독립하지 못한 아들이다', 3)은 '임기응변에 능
했지만' 등으로 바꿔도 된다.

하나 더. '절약가'와 '구두쇠'라는 별명을 아무에게나 붙일 수 있는
것은 아니다. 보통 '절약가'는 쓸데없는 지출을 하지 않을 뿐이고 꼭
써야 할 돈은 아낌없이 쓴다. 하지만 '구두쇠'는 써야 할 돈도 안 쓰는
사람이다. 어떤 사람의 행동을 오랫동안 관찰한 많은 사람의 평가가,
'절약가' 또는 '구두쇠'로 일치할 수 있다. 이렇게 어느 하나로 일치한
경우, 주관적인 의견이 아니라 이미 객관적인 사실이라고 봐도 좋다.

하지만 애매한 면이 있다. '절약가'와 '구두쇠' 중 어떤 별명을 붙일 것인가는 주관에 따라 달라지기 때문이다.

이와 조금 다른 유형의 문제를 계속 살펴보자. 사람이 말을 할 때는 표정과 어조가 생각을 드러낼 수 있다. 예를 들어, "비가 내린다."라고 싫다는 듯 말할 수 있으며 좋다는 듯 말할 수도 있다. 글에서도 이렇게 긍정적이거나 부정적인 태도가 '글의 표정'으로 드러날 때가 있다. 이 표정을 반전해 보면 좋겠다.

예컨대 '어제 비가 오고 말았다'는 말에는 비를 싫어하는 마음이 표현되지만, '어제 비가 와 주었다'고 말하면 비가 내리기를 기다린 마음이 표현된다.

그럼 문제를 살펴보자.

✏️ **문제 10**

같은 사실에 대해 다음 문장에 드러나는 관점과 다른 관점으로 표현해 보자.

1) 그곳에는 30명이나 되는 사람이 모여 있었다.
2) 베트남 쌀국수의 맛을 제대로 내는 식당이 많아졌다.
3) 유진은 그 수업에 자주 지각했다. 하지만 한 번도 결석하지 않았다.

예시 답안을 살펴보기 전에 잠깐 설명을 보탤까 한다.

1)은 '30명'이라는 사람의 수를 '30명이나 되는 사람'이라고 표현하면서 한 가지 관점을 제시한다. 이와 다른 관점은 어떤 것이 있을까?

2)에는 맛있는 쌀국수 식당이 많아져서 기뻐하는 마음이 드러난다. 하지만 누구나 이렇게 기뻐하리라고는 생각할 수 없다. 지역색을 담고 있는 맛집은 그 지역에만 있기를 바라기도 한다. 하물며 지역 정도가 아니라 국경을 넘어 다른 나라로 진출한 식당은 개성을 아예 잃어버렸다고 생각하는 사람도 있을 것이다. 이렇게 생각하는 사람이라면 2)를 어떻게 바꿀까?

3)은 흥미로운 예다. 문장을 쓴 사람의 마음을 표현하는 듯한 말이 없다. 하지만 문장 전체에 어떤 마음이 드러나 있다. 그리고 표현을 바꾸면 이 마음이 반전된다.

✎ **문제 10 예시 답안**

1) 그곳에는 30명밖에 안 되는 사람이 모여 있었다.

2) 베트남 쌀국수의 맛을 흉내 내는 식당이 많아졌다.

3) 유진은 그 수업에 한 번도 결석하지 않았다. 하지만 자주 지각했다.

3)에 대해 잠깐 설명하겠다. 다음 문장을 비교해 보자.

i) 유진은 그 수업에 자주 지각했다. 하지만 한 번도 결석하지 않았다.

ii) 유진은 그 수업에 한 번도 결석하지 않았다. 하지만 자주 지각했다.

‘하지만’ 앞뒤의 내용만 바꿨는데 느낌이 달라진다는 것을 알 수 있을 것이다. i)은 ‘한 번도 결석하지 않았다’에, ii)는 ‘자주 지각했다’에 무게가 실린다. 그래서 ii)는 전체적으로 비난에 가깝지만, i)은 칭찬은 아니더라도 비난의 느낌이 강하지 않고 ‘결석하지 않았으니 괜찮다’고 읽힌다.

일반적으로 ‘A 그러나/하지만 B’라는 표현에서 말하고 싶은 것은 ‘B’에 있다. 그래서 ‘A 그러나/하지만 B’와 ‘B 그러나/하지만 A’는 느낌이 달라진다. 다른 예를 들어 보자. “돈가스 덮밥은 맛있다. 하지만 칼로리가 높다.”와 “돈가스 덮밥은 칼로리가 높다. 하지만 맛있다.” 어느 쪽 문장에서 입맛이 돌겠는가?

한마디만 더 하자. 1)에서 사실은 ‘30명이 모였다’는 것이다. 이를 두고 ‘30명이나’ 또는 ‘30명밖에’라고 평가하는 것은 말하는 사람의 의견이라고 할 수 있다. 두 가지 평가 가운데 어느 쪽을 택하느냐는 말하는 사람의 생각에 따라 결정된다. 하지만 이렇게 상반된 의견이 언제나 함께 제시될 수 있는 것은 아니다. 예를 들어, 300명이 모일 것이라고 예상하고 그만 한 넓이의 장소를 빌렸는데 실제로는 30명이 모였다고 해 보자. 이때는 ‘30명이나’ 모였다고 할 수 없다. 누가 봐도 이것은 ‘30명밖에’ 안 모인 상황이다. 이 경우, ‘30명밖에’ 모이지 않았다는 사실이 곧 실패를 뜻한다고 말할 수도 있다. 곧 ‘30명밖에 안 되는’ 사람이 모인 상황이 객관적인 사실이다.

3

생각이 다른 사람에게
이야기하기

자연과학 논문은 별도로 하고 우리가
우리 자신이나 사회에 대해 말하면서 때로는 한 가지 사실을 여러 관
점으로 다룰 수 있다. 곧 사실은 다면적이라는 말이다. 다면성을 억
지로 배제하고 묘사하면 오히려 상대에게 잘 전달되지 않을 수 있다.
다른 사람에게 내 연인에 대해 설명하는 경우를 생각해 보자. 의견이
나 관점과 상관없이 누구나 동의할 수 있는 객관적인 표현만으로 연
인을 설명한다면 어떻게 될까?

"그 사람은 착하고 잘생겼어." 이 문장은 어떤 면에서 문제인가?
'착하다'라는 표현을 쓰는 기준이 사람에 따라 다를 수 있다. 그러므
로 이 표현은 쓰기 어렵다. 일반적으로 어떤 사람의 성격에 대한 평
가는 얼마든지 달라질 수 있기 때문에 성격 표현은 삼가야 한다. '잘
생겼다'라는 표현도 객관적이지 않다. 고슴도치도 제 새끼는 곱다지

만, 객관적으로는 인정하기 어렵다. 내 연인의 외모를 주변 사람들이 한결같이 좋게 보더라도 미의식이 다른 문화권에서 어떻게 평가할지는 알 수 없다. 자로 잴 수 있어서 객관적인 듯한 '키'에 관한 표현도 마찬가지다. 아시아에서 키가 큰 편에 속한 사람이 북유럽에 가면 작다는 말을 들을 수 있다. 이쯤 되면 연인에 대해 설명할 만한 것은 성별, 출생지, 학력이나 경력과 신체검사 결과 정도나 남는다. 하지만 이런 것만으로 그 사람에 대해 무엇을 얼마나 알게 되었다고 할 수 있을까?

그래서 상대가 어떤 사람인가를 의식하는 것이 중요하다. 당신의 의견과 관점을 상대방과 공유하고 있는가? 서로 공유하는 의견이나 관점이 전제 사항이다. 예를 들어, 현대 아시아인 남성이 키가 183센티미터라면 누구나 그 사람은 '키가 크다'고 할 것이다. 설명하는 사람이 당신과 같은 느낌을 받는다는 사실을 알고 있으면, 연인을 '잘생긴 사람'이라고 묘사해도 괜찮고 '착하다'거나 '검소하다'고 설명해도 괜찮다. 하지만 (자연과학이 목표로 삼는 묘사처럼) 시대와 지역의 차이를 생각하는 것은 물론이고 다양한 문화를 배경으로 한 사고방식, 감정, 관점을 인정하면서 뭔가를 다른 사람에게 설명해야 한다면 연인에 대한 설명이 너무 건조해지기 쉽다. 결국 설명할 때 중요한 것은 상대에 대한 이해와 그 사람에게 가장 정확히 전달되는 묘사다.

당신의 의견이나 관점을 상대방과 공유하고 있지 않은 상태에서 사실을 서술하는 것처럼 말하면 안 된다. 사실을 서술한 주장은 그 진위가 이미 확정된 것처럼 전달된다. 당신이 상대와 공유하고 있지 않은 의견이나 관점을 포함한 주장을 마치 사실인 것처럼 말한다면 다른 의견이나 관점의 여지를 없애는 것이고, 이는 부적절할 뿐만 아니라 속임수와 같다.

상대방과 의견이나 관점을 공유하고 있지 않은 사항에 대해서는 개인적인 의견이나 관점을 포함한 주장임을 명확히 알 수 있도록 말해야 한다. 가장 직접적인 방법은 '제 생각에는'이나 '저는 ~라고 생각합니다.' 하고 표현하는 것이다.

하지만 이렇게 해도 잘 전달되지 않는 경우가 있다. 예를 들어, "나는 유진이 마마보이라고 생각해." 하고 말만 해서는 부족하다. 내 의견이나 관점을 전달한다는 것은 상대와 나의 차이를 명확히 밝히는 일이기도 하다. 그러므로 "유진이 어머니의 뜻을 잘 받드는 아들이라고 보는 사람도 있겠지만, 나는 그렇게 생각하지 않아. 유진은 마마보이가 분명해." 하고 말하면 좋을 것이다. 간략하게 말하지 않아도 된다. 길어도 상관없으니 분명하게 전달하는 데 무게를 둔다. 그럼 연습을 해 보자.

✎ **문제 11**

나 자신의 의견이나 관점이 포함된 것을 상대가 확실히 알 수 있도록 다음 문장을 고쳐 써 보자.

1) 유진은 구두쇠야. (유진이 돈을 잘 안 쓴다는 사실을 상대와 공유한다.)

2) 그곳에는 30명밖에 안 되는 사람이 모여 있었다. (30명이 모여 있었다는 사실을 상대와 공유한다.)

3) 정부는 일관된 방침 없이 그때그때 지시만 내렸다. (정부의 대응에 관한 정보를 상대와 공유한다.)

4) 베트남 쌀국수의 맛을 흉내 내는 식당이 많아졌다. (쌀국수 식당이 많아졌다는 사실을 상대와 공유한다.)

1) 유진이 절약한다고 생각하는 사람도 있겠지만 나는 달라. 유진은 구두쇠야.

2) 그곳에는 30명밖에 안 되는 사람이 모여 있었다. 30명이 모였으면 충분하다고 보는 사람도 있을 것이다. 하지만 나는 그렇게 생각하지 않는다.

3) 정부가 유연하게 대처했다고 보는 사람도 있을 것이다. 하지만 그건 너무 안이한 평가다. 정부는 일관된 방침 없이 그때그때 지시만 내렸을 뿐이다.

4) 베트남 쌀국수의 맛을 흉내 내는 식당이 많아졌다. 먼 나라까지 안 가도 되니 좋아하는 사람이 있을 것이다. 하지만 나는 오히려 아쉽게 생각한다.

4

단정에서 벗어나기

상대방과 무엇을 공유하는가를 파악하고, 공유하지 않을 가능성이 있는 의견이나 견해에 관해서는 적절하게 이야기해야 한다. 이것이 논의의 장에서 결정적으로 중요하다. 어떤 논의에서 공유해야 하는 사실 및 공유하고 있는 생각을 **'논의의 전제'**라고 하고 논의해야 할 내용을 **'논의의 주제'**라고 하자.

- **논의의 전제 : 공유해야 하는 사실 및 공유하고 있는 의견과 견해**
- **논의의 주제 : 논의해야 하는 내용**

이른바 논의의 전제를 공통의 토대로 설정하고 그 위에서 논의의 주제에 관해 서로 이야기한다. 무엇이 전제이고 무엇이 주제인지 구별하지 않으면 논의는 혼란에 빠진다.

무엇이 전제이고 무엇이 주제인가? 이를 잘 구별하지 못하는 사람 또는 구별하면서도 일부러 무시하는 간사한 사람을 생각해 보자. 구별하지 못하는 사람은 아무런 자각 없이 논의의 전제와 주제의 구별을 무시한다. 간사한 사람도 논의의 주제를 전제처럼 말하지만, 이 경우는 자각하면서도 그렇게 한다는 점이 다르다. 간사한 사람은 이런 식으로, 논의해야 하는 사항을 이미 정해진 사실로 받아들이게 한다. 전제와 주제를 구별하지 못하는 것보다 훨씬 안 좋은 행동이다. 어쨌든 상대가 논의의 주제를 전제인 듯 단정한다면, 우리는 그 단정에서 벗어나 논의의 주제를 논의의 토대에 올려놓아야 한다.

친구와 테마파크에 가기로 했다고 치자. 두 사람이 계획을 짠다. "자이로드롭은 많이 붐비니까 아침 일찍 타면 좋겠어. 아니면 롤러코스터를 먼저 타는 게 나을까?" 친구가 이른 아침에 자이로드롭과 롤러코스터 가운데 어느 것부터 타야 할지를 묻는다. 이 질문은 두 가지 놀이 기구는 꼭 타야 한다는 것과 테마파크에 아침 일찍 가자는 것을 이미 정해진 전제로 한다.

하지만 상대가 설정한 토대 위에서 논의하기 전에 토대부터 점검해야 한다. 만약 당신이 롤러코스터 같은 놀이 기구를 즐겨 타지 않거나 자이로드롭만큼은 타고 싶지 않다면, 아침 일찍 놀이 기구를 타러 간다는 논의의 토대에 오르기 전에 놀이 기구를 탄다는 단정을 무너뜨려야 한다. 그리고 다시 놀이 기구 탑승 여부를 논의의 주제로 삼아 문제를 제기해야 한다. 안 그랬다가는 싫어하는 놀이 기구를 타다 기절할지도 모른다.

논의의 토대에 올라간다는 것은 그 토대를 받아들인다는 뜻이다. 이런 식으로 논의의 전제가 흐릿해지면 정작 해야 할 논의는 건너뛰는 데다 깨닫지 못하는 사이에 상대의 일방적인 전제를 인정하게 된다. 이를 아는 간사한 사람은 자기 의견에 지나지 않는 것을 어느 틈에 이미 정해진 것처럼 만든다. 이런 덫에 걸리면 안 된다.

그럼 이제 논의의 전제를 점검하고 단정에서 벗어나는 연습을 해 보자.

✎ 문제 12

다음 이야기들은 논의의 여지가 있는 사항을 암묵적인 전제로 삼고 있다. 전제가 무엇인지 지적해 보자.

1) 새해 해맞이는 어디로 갈 거야?
2) 사 온 양배추에 애벌레가 붙어 있던데, 채소 가게에 항의해야 할까?
3) 정부가 임기응변으로 적절하게 대응했는데도 사태가 호전되지 않은 원인이 뭘까?
4) 평생 독신으로 사는 괴로움을 겪지 않으려면 적극적으로 소개팅에 나서는 게 좋다고 생각해.

간사한 사람은 논의의 여지가 있는 사항도 미리 혼자 단정하고는 논의의 도마 위에 올리지도 않은 채 받아들이도록 유도한다. 가장 단순한 수법은 단정적으로, 게다가 자신만만하게 말하기다. 그리고 오만하게도, 자기 뜻을 따르지 않는 사람을 '멍청이'로 여긴다. 이런 태도에 굴복하면 안 된다.

1)도 간사한 전략일 수 있다. 갑자기 "새해 해맞이는 어디로 갈 거야?" 하고 물으면서 논의해 보지도 않은 해맞이를 이미 정해진 일처럼 말한다. 이때 만약 당신이 해맞이를 하러 갈지 말지 의논해 봐야겠다고 생각한다면, 상대가 만든 판에 들어가지 말아야 한다. 논의를 그냥 진행하면 논의의 전제를 받아들였다는 뜻이다. "너무 붐비지 않고 한적한 곳이 좋아." 이렇게 말하는 순간 새해 해맞이를 하러 가는 것은 기정사실이 되어 버린다.

2)는 양배추에 애벌레가 붙어 있다는 사실을 당연한 듯 부정적으로 다룬다. 아마 이렇게 말한 사람은 애벌레가 붙어 있으면 누구든 싫어할 거라고 단정 짓는 듯하다. 하지만 이는 편견이다.

3)에서는 종종 눈에 띄는 아주 좋지 않은 기술이 쓰였다. 자기 의견이나 관점을 최대한 배제하고 '정부의 이러저러한 대응이 이러저러한 결과를 낳지 못한 원인이 무엇인가'를 물을 수도 있는데 정부의 대응이 '임기응변'이고 '적절한' 것이었다고 묘사하며 자기 의견과 관점을 덧씌우기 때문이다. 마치 사실인 것처럼 말이다. 또한 '사태가 호전되지 않'았다는 것도 말한 사람의 생각일 뿐이지만, 이를 밀어붙일 가능성이 있다. 만약 당신이 이런 의견이나 관점에 동의할 수

없다면, 논의의 전제와 주제가 뒤섞인 것을 간파하고 전제를 사실로 밀어붙이는 시도를 차단해서 논의의 도마 위에 올려야 한다.

4)에서는 간사한 장치들이 복합적으로 작용하고 있다. 적극적으로 소개팅에 나서는 게 타당한지를 논의의 주제로 삼는 한편, 평생 독신으로 사는 것은 피해야 한다는 의견을 기정사실처럼 말한다. 게다가 평생 독신으로 사는 게 '괴로움'이라는 자기 관점을 보탠다. 그러니 만약 당신이 독신을 꺼리지 않고 '괴로움'으로 생각하지도 않는다면, 섣불리 이 논의에 참여하지 않기를 바란다.

✎ **문제 12 예시 답안**

1) 새해 해맞이를 가기로 이미 합의했다면 "어디로 갈 거야?" 하고 물을 수 있다. 하지만 해맞이를 갈지 말지 아직 합의하지 않은 단계에서는 이런 질문이 비약이다. 이때 '새해 해맞이를 간다'는 전제는 논의의 여지가 있다.

2) 이렇게 말한 사람은 채소 가게에서 산 양배추에 애벌레가 붙어 있으면 당연히 항의할 수 있다고 생각하는데, 생각하기에 따라서는 바로 이 점이 논의의 주제가 된다. 애벌레가 붙어 있다면 양배추가 친환경적으로 자라서 오히려 좋다고 생각할 수도 있기 때문이다.

3) "정부가 임기응변으로 적절하게 대응했는데도 사태가 호전되지 않은 원인이 뭘까?"라는 물음은 '정부가 임기응변으로 적절하게 대응했다'는 의견과 '사태가 호전되지 않았다'는 의견을 기정사실로 전

제한다. 하지만 '임기응변으로 적절하게 대응했다'는 관점을 바꾸면 '임시방편에 일관성 없이 부적절하게 대응했다'고 할 수도 있다. 또한 '사태가 호전되지 않았다'고 본 것도 '사태가 나빠진 면도 있으나 대체적으로 좋아졌다'는 다른 관점이 있을지도 모른다. 그러므로 '원인이 무엇인가'를 묻기 전에 정부의 대응이 적절했는가, 사태가 호전되었는가 등이 논의의 주제가 될 수 있다.

4) 소개팅에 적극적으로 나서야 한다는 의견의 근거가 '평생 독신으로 사는 괴로움을 겪지 않기 위해서'다. 평생 독신으로 지내는 것을 피해야 할 '괴로움'으로 단정하는 것이다. 만약 당신이 독신 생활도 나쁘지 않다거나 오히려 더 좋다고 생각한다면, 분명히 논의의 여지가 있는 전제다.

요점을 다시 살펴보자.

사실은 다면적이다. 그래서 단순히 사실과 생각을 구별하려고 해도 잘 안 되는 경우가 많다. 내 의견과 관점을 상대방과 공유하고 있는지를 의식하는 것이 중요하다. 그리고 공유하지 않을 때는 상대에게 내 의견이나 관점임을 분명히 해야 한다.

1) 공유하지 않은 의견이나 관점을 공유하는 것처럼 말하면 안 된다.

2) 상대가 나와 공유하고 있지 않은 의견이나 관점을 기정사실처럼 말한다면, 그런 단정을 간파해서 논의의 도마 위에 올린다.

3부

머릿속을
정리한다

1
생각나는 대로 쓰면
안 된다

이해하기 쉬운 글을 쓰고 싶다. 거듭 읽어야만 겨우 이해할 수 있는 글이 아니라 한 번만 읽어도 머리에 쏙 들어오는 글, 그런 글을 쓰고 싶다. 하지만 그렇게 쓰기가 여간 어렵지 않다.

무턱대고 머리에 떠오르는 대로 쓰지는 않나? 그 글을 읽는 사람도 제멋대로 읽는다. 그러니 머리에 떠오르는 대로 쓴 글에 아무도 불만을 말하지 않는다. 무턱대고 쓰고 무턱대고 읽는다. 이런 상황에서는 쉽게 이해할 수 있는 글이 나올 리 없다.

예문 4는 쓰레기 문제에 관해 머리에 떠오르는 대로 쓴 글이다. 우선 크게 의식하지 말고 처음부터 끝까지 쭉 읽어 보기를 바란다.

쓰레기 문제는 우리 생활과 직결되어 있다. 큰 슈퍼에 가 보면 고기나 생선은 스티로폼 받침에 담겨 있고 그 위에 랩을 씌워 판다. 작은 슈퍼에 비해 큰 슈퍼에는 포장 용기 수가 압도적으로 많다. 생산자도 전자 제품 같은 것을 되도록 단기간에 신제품으로 바꿔 쓰게 하려고 한다. 상품의 공급 과잉을 해소하기 위해 필요 이상으로 수요를 만들어 내려고 노력한다. 이에 따라 계속 제품을 바꾸다 보면 당연히 그때까지 쓰던 제품은 쓰레기가 된다. 디즈니랜드에서는 쓰레기가 떨어져 있지 않은 상태를 실현하려고 하는데, 이것이 디즈니랜드의 매력 가운데 하나다. 조사에 따르면, 가정에서 나오는 음식물 쓰레기의 30~40퍼센트는 잔반이며 10퍼센트는 사 온 상태 그대로 버리는 것이라고 한다. 이는 우리의 식습관 문제라고 할 수도 있다. 게다가 쓰레기의 절반 정도는 용기와 포장지다. 예를 들어, 병에 든 주스와 종이 팩에 든 주스가 있다면 많은 사람이 종이 팩에 든 주스를 선택할 것이다. 종이 팩이 어느 정도는 재활용되지만 역시 병보다는 쓰레기를 늘린다. 우리 사회는 소비자, 판매자, 생산자가 쓰레기를 진정으로 줄이려는 구조가 아니라고 할 수 있다.

🔖 **문제 13**

예문 4에서 어떤 느낌을 받았는지 스스로 확인해 보자.

이해할 수 없는 말을 쓰지 않았고 뜻을 알 수 없는 문장도 없다. 하지만 '이해하기 쉬운 글'이란 단어의 문제도, 문장의 문제도 아니다. 글 전체의 흐름을 느껴 보면 좋겠다.

어떤가? 만약 이 글에 문제가 없다고 느꼈다면, 바로 그 감각이 문제다. 이 글을 쭉 한 번 읽어 보는 것만으로는 기껏해야 '쓰레기 문제의 심각성에 대해 여러모로 쓴 글'이라는 인상 정도밖에 머리에 남지 않을 것이다. 누군가 이 글을 읽는 것을 들었을 때 내용이 얼마나 기억에 남을까?

전혀 이해 못 할 정도는 아니지만 명확하게 이해되지는 않는다. 어느 부분이 문제일까? 이번에는 어디가 문제였는지 찾으면서 신중하게 읽어 보자.

✏️ **문제 14**

예문 4에서 문제가 있는 부분을 찾아보자.

이 글은 전체적으로 왜 쓰레기가 줄지 않는가에 대해 썼다고 생각한다. 그렇다면 디즈니랜드에 쓰레기가 떨어져 있지 않다는 사실을 쓸 필요는 없다. 물론 쓰레기 문제와 연관이 있기는 하다. 하지만 주제에서 많이 벗어났다. 긴 글이라면 딴청을 부리면서 한숨 돌릴 수 있는 부분도 허락될 것이다. 하지만 이렇게 짧은 글을 쓸 때는 아무리 이야기하고 싶은 것이 있어도 자제해야 한다.

부적절한 부분이 더 없을까? 화제를 정리해 보자. 이 글에는 용기 포장, 신제품 개발, 음식물 쓰레기 이야기가 있다. 이 세 가지 화제가 마구 섞여서 예문 4를 이해하기 어렵게 만든다. 따라서 필요 없는 화제를 없애고 세 가지 화제를 정리하면 좀 더 이해하기 쉬워질 것이다. 용기 포장 이야기가 글 첫머리와 끝부분에 중복되기 때문에 정리해야 한다.

📎 문제 14 해답

i) 이 글은 왜 쓰레기가 줄지 않고 계속 늘어나는가에 관한 것이라서 디즈니랜드 이야기는 쓸 필요가 없다.

ii) 이 글에는 용기 포장, 신제품 개발, 음식물 쓰레기 이야기가 잘 정리되지 않은 채로 있다. 특히 용기 포장 이야기는 두 군데로 나뉘어 있다.

i)과 ii)에 주의하면서 고쳐 쓰기만 해도 충분히 이해하기 쉬워질 것이다. 그런데 정리하기 전에 신경 써야 할 부분이 더 있다. 어느 부분인지 이미 눈치챈 사람도 있을 것이다.

마지막 문장을 다시 보자. "우리 사회는 소비자, 판매자, 생산자가 쓰레기를 진정으로 줄이려는 구조가 아니라고 할 수 있다." 하고 결론 내린다. '소비자', '판매자', '생산자'가 세 가지 화제에 대응한다. 이 사실을 깨달았다면 글을 어떻게 써야 하는지가 좀 더 분명하게 드러날 것이다.

음식물 쓰레기 문제는 소비자의 관점으로, 용기 포장 문제는 판매자의 관점으로 다룬다. 그리고 신제품 문제는 생산자의 관점으로 본다. 그래서 글 본문도 이 순서로 쓰고 마지막에 "소비자, 판매자, 생산자가 쓰레기를 진정으로 줄이려는 구조가 아니라고 할 수 있다." 하고 정리한다. 이렇게 쓰면 글의 뼈대가 더 명확해진다.

또한 처음부터 이 세 가지 관점으로 쓴다는 사실을 서술해 두면 독자가 미리 마음의 준비를 하고 더 쉽게 읽을 수 있다.

✍ **문제 15**

예문 4를 더 이해하기 쉽게 고쳐 써 보자.

✍ **고쳐 쓴 예문 4**

쓰레기 문제는 우리 생활과 직결되어 있다. 소비자, 판매자, 생산자의 관점에서 이 문제를 살펴보자. 조사에 따르면, 가정에서 나오는 음식물 쓰레기의 30~40퍼센트는 잔반이며 10퍼센트는 사 온 상태 그대로 버리는 것이라고 한다. 이는 우리의 식습관 문제라고 할 수도 있다. 게다가 쓰레기의 절반 정도는 용기와 포장지다. 예를 들어, 병에 든 주스와 종이 팩에 든 주스가 있다면 많은 사람이 종이 팩에 든 주스를 선택할 것이다. 종이 팩이 어느 정도는 재활용되지만 역시 병보다는 쓰레기를 늘린다. 또 큰 슈퍼에 가 보면 고기나 생선은 스티로폼 받침에 담겨 있고 그 위에 랩을 씌워 판다. 작은 슈퍼에 비해 큰 슈퍼에는 포장 용기 수가 압도적으로 많다. 생산자도 전자 제품 같은 것을 되도록 단기간에 신제품으로 바꿔 쓰게 하려고 한다. 상품의 공급 과잉을 해소하기 위해 필요 이상으로 수요를 만들어 내려고 노력한다. 이에 따라 계속 제품을 바꾸다 보면 당연히 그때까지 사용하던 제품은 쓰레기가 된다. 이렇게 우리 사회는 소비자, 판매자, 생산자가 쓰레기를 진정으로 줄이려는 구조가 아니라고 할 수 있다.

예문 4와 비교해 보자. 고쳐 쓴 예문 4가 훨씬 더 머리에 쉽게 들어올 것이다. 생각나는 대로 쓰면 안 된다. 쓰기 전에 먼저 말하고 싶은 바를 정리하자. 이것이 이해하기 쉬운 글을 쓰기 위한 대원칙이다.

2

필요한 것만
화제별로
순서에 주의하며 쓴다

그럼 지금 정리한 요점에 주의를 기울이면서 다음 예문을 읽어 보자.

✎ **예문 5**

① 독일은 세계적으로 유명한 맥주 대국이다. ② 하지만 독일 사람들은 커피 애호가로도 알려져 있고, 독일 음료수 소비량에서 가장 많은 부분을 차지하는 음료수는 커피지 맥주가 아니다. ③ 세계에서 가장 오래되었다는 맥주 양조장이 독일에 있다. ④ 그리고 1516년에는 '맥주 순수령'이 반포되었다. ⑤ 맥주 순수령이란 '맥주에는 보리, 홉, 물만 들어가야 한다'는 내용으로서 효모가 발견된 뒤에는 여기에 효모가 추가되었다. ⑥ 오늘날에도 맥주에 홉이 꼭 필요한데, 라인강 하류에 있던 수녀원 원장이 12세기에 처음으로 홉을 첨가했다고 한다. ⑦ 수도원이라고

하니, 세계에서 가장 오래된 맥주 양조장이 사실 수도원이었던 것이다. ⑧ 왜 수도원에서 맥주를 만들었을까? ⑨ 가톨릭에서는 사순절 금식이 의무였는데, 음료는 금지하지 않았다. ⑩ 그래서 수도사들은 맥주를 마셨다. ⑪ 맥주는 이른바 '마시는 빵'이었다. ⑫ 덧붙이자면 독일 빵 가운데 결이 조밀하고 식감이 거친 호밀빵이 많은데, 이는 추위가 심한 독일에서는 보리보다 호밀이 더 잘 자랐기 때문이다. ⑬ 오늘날 맥주 순수령은 폐지되었다. ⑭ 유럽연합 가맹국들이 '독일만 원료를 제한하는 것은 부당한 수입 제한'이라고 했기 때문이다. ⑮ 하지만 많은 독일 양조장이 지금도 이 정신을 지켜 나가고 있다. ⑯ 독일 맥주의 품질이 좋은 이유는 맥주 순수령 덕분이라고 할 수 있을 것이다.

✍ **문제 16**

'필요한 것만 쓴다'는 점에 주의해 예문 5에서 빼야 할 부분을 지적해 보자.

✍ **문제 17**

'화제별로 정리한다'는 점에 주의해 예문 5에서 그대로 둬야 할 화제의 내용을 대강 정리해 보자.

'필요한 것만 쓴다, 화제별로 정리한다, 순서에 주의한다'는 요점을 염두에 두면서 읽어 보자. 그러면 이 글에서 이상한 부분이 눈에 들어올 것이다. 우선 전체적으로 독일 맥주의 역사에 관해 이야기하기 때문에 커피 이야기 ②는 필요 없다. 빵 이야기 ⑫도 쓰고 싶은 마음은 알겠지만 없애자.

✎ **문제 16 해답**

②와 ⑫를 없앤다.

필요 없는 부분을 뺀 다음에는 어떤 화제가 쓰여 있는가를 정리해보자.

① 독일은 맥주 대국(글의 도입부).
③ 세계에서 가장 오래되었다는 맥주 양조장이 독일에 있다.
④, ⑤ 맥주 순수령.
⑥ 처음 홉을 첨가한 사람은 수녀원 원장.
⑦ 세계에서 가장 오래된 맥주 양조장은 수도원.
⑧~⑪ 수도원에서 맥주를 만든 이유.
⑬~⑱ 오늘날 맥주 순수령은 폐지되었지만 그 정신은 남아 있다.

이 글은 맥주 순수령 이야기와 수도원 이야기로 나눌 수 있다. 이렇게 정리한다면 이 글이 전하려는 대략적인 주제를 알 수 있을 것이다.

① : 도입. 독일은 맥주 대국

④, ⑤와 ⑬~⑯ : 맥주 순수령 이야기

③과 ⑥~⑪ : 수도원 이야기

✏ **문제 18**

예문 5를 더 이해하기 쉽게 고쳐 써 보자.

이 화제들에 대해 써 나가는 순서에도 신경 써 보자. 도입부 뒤로는 시대순으로 쓰면 좋을 듯하다. 또 전체적으로 독일 맥주의 역사에 관한 글이니까 도입부 뒤에 '여기서는 독일 맥주의 역사에 관해 이야기하려 한다'는 식으로 써 두면 한층 이해하기 쉬워진다. 짧은 글을 쓸 때는 꼭 지키지 않아도 되지만 긴 글을 쓸 때는 이제부터 무엇에 관해 쓸지 미리 밝혀 두면 글을 읽을 사람에게 큰 도움이 될 것이다.

무턱대고 쓰려 하지 말고, 쓰고 싶은 바를 정리하고 전체 흐름의 이미지를 파악한 다음에 쓰기 시작하자. 다음과 같은 메모를 만들어도 도움이 될 것이다.

메모

• 도입, 독일은 맥주 대국.

• 세계에서 가장 오래된 맥주 양조장은 수도원 ─ 왜 수도원에서 맥주

를 만들었나?

- 맥주는 금식 중에도 마실 수 있었기 때문. 맥주는 '마시는 빵'이었다.
- 처음 홉을 첨가한 곳도 수도원.
- 맥주 순수령 이야기.
- 오늘날 맥주 순수령은 폐지되었지만 그 정신은 남아 있다.

하지만 너무 자세히 메모하는 것도 생각해 봐야 할 문제다. 메모한 대로만 써 나가면 도리어 글의 기세를 꺾어 버릴 수 있기 때문이다. 긴 글을 쓸 때는 미리 메모해 두는 게 효과적이지만, 짧은 글을 쓸 때는 머릿속에서 전체 흐름의 이미지를 파악하는 정도가 좋을 듯하다.

✍️ **고쳐 쓴 예문 5**

독일은 세계적으로 유명한 맥주 대국이다. 여기서는 독일 맥주의 역사에 관해 이야기하려고 한다. 세계에서 가장 오래되었다는 맥주 양조장이 독일에 있다. 사실 이 양조장은 수도원이다. 왜 수도원에서 맥주를 만들었을까? 가톨릭에서는 사순절 금식이 의무였는데, 음료는 못 먹게 하지 않았다. 그래서 수도사들은 맥주를 마셨다. 맥주는 이른바 '마시는 빵'이었다. 오늘날에도 맥주에는 홉이 꼭 필요한데, 라인강 하류에 있던 수녀원의 원장이 12세기에 처음으로 홉을 첨가했다고 한다. 그리고 1516년에는 '맥주 순수령'이 반포되었다. 맥주 순수령이란 '보리, 홉, 물만 들어가야 한다'는 내용으로, 효모가 발견된 뒤에는 여기에 효모가 추가되었다. 오늘날 맥주 순수령은 폐지되었다. 유럽연합 가맹국들이 '독일만 원료를 제한하는 것은 부당한 수입 제한'이라고 했기 때문이다. 하지만 많은 독일 양조장이 지금도 이 정신을 지켜 나가고 있다. 독일 맥주의 품질이 좋은 이유는 맥주 순수령 덕분이라고 할 수 있다.

3

스트레스에 관해 썼는데
스트레스를 받게 하는 글

이번에는 조금 까다로울지도 모를 문제에 도전해 보자.

✎ **예문 6**

① 오늘날 우리가 선택할 수 있는 것들이 그 어느 시대보다도 다양해졌다. ② 식품이나 가전제품 등을 봐도 정말 다양한 상품이 시장에 나와 있다. ③ 그리고 화려한 선전 문구로 우리에게 제품을 사라고 부추긴다. ④ 하지만 이것이 도리어 우리에게 스트레스가 될 수 있다. ⑤ 선택 사항이 많아지면 많아질수록 우리는 그 안에 없는 것을 추구하고 싶어진다. ⑥ 또한 선택 사항이 늘어난다는 것은 선택하지 않은 것이 늘어난다는 뜻이기도 하다. ⑦ 다양한 상품이 있지만 다 일장일단이 있고, 기대를 완벽하게 채워 주는 상품은 없다. ⑧ 누구나 이런 경험이 있을

것이다. ⑨ 그렇다면 무엇이든 어딘가 단점이 있을 수밖에 없다는 불만이 생긴다. ⑩ 오늘날에는 인터넷으로 쉽게 물건을 살 수 있는데, 이 또한 금전 감각을 쉽게 마비시킬 수 있다. ⑪ 게다가 무엇을 골라도 고르지 않은 것을 떠올리고 '저걸 골랐어야 하지 않을까?'라는 의구심이 커진다. ⑫ 그래서 선택 사항이 많다는, 언뜻 보기에는 축복받은 상황이 도리어 스트레스를 낳는 역설이 생긴다.

✏️ **문제 19**

'필요한 것만 쓴다'는 점에 주의해 예문 6에서 빼야 할 부분을 지적해 보자.

✏ 문제 20

'화제별로 정리한다'는 요점에 주의해 예문 6에서 그대로 둬야 할 화제의 내용을 대략적으로 정리해 보자.

여기서도 자신의 감각을 확인해 보자. 이미 예문 6이 어지럽다고 느꼈을 것이다. '아무렇지도 않은데.' 하고 넘겨 버리던 글을 더 쉽게 이해할 수 있도록 만드는 경험을 거듭 쌓아서 이해하기 쉬운 글에 대한 감각을 갈고 닦으면 좋겠다.

그럼 우선 빼야 할 부분을 검토하기 위해, 이 글이 전체적으로 무엇을 말하려고 하는지 파악해 보자. 여기서 생각의 실마리가 될 만한 문제를 하나 내겠다.

✏ 문제 21

④의 '하지만 이것이 도리어 우리에게 스트레스가 될 수 있다'에서 '이것'은 무엇을 가리킬까?

바로 앞에 나온 ③ '그리고 화려한 선전 문구로 우리에게 제품을 사라고 부추긴다'를 가리킬까? 아니면 ①과 ②에서 말하는 '선택할 수 있는 것들이 다양해졌다'를 가리킬까? 이 글이 말하려는 바를 파악하지 못하면 '이것'이 무엇을 가리키는지 확실하게 알 수 없다.

이 글 전체의 흐름은 '선택할 것이 다양해졌는데 왜 도리어 스트레스에 빠지게 되는가'에 대해 답을 찾는 것이다. 그럼 ④의 '이것이 도리어 우리에게 스트레스가 될 수 있다'에서 '이것'은 ③의 '화려한 선전 문구로 우리에게 제품을 사라고 부추긴다'가 될 수 없다.

✏️ **문제 21 해답**

'이것'은 선택할 것이 다양해진 상황을 가리킨다.

그럼 ④의 바로 앞에 나오는 ③ '화려한 선전 문구로 우리에게 제품을 사라고 부추긴다'는 다양해진 선택 사항이 도리어 스트레스가 된다는 흐름에서 벗어난 불필요한 것이 된다.

계속해서 ⑤ 이후를 살펴보자. 여기서부터는 선택할 것이 늘어나 스트레스가 된 이유를 쓰고 있다. 그런데 흐름에서 벗어난 부분이 있지 않은가? 흐름에서 벗어난 부분을 살피다 보면 ⑩에 눈길이 갈 것이다. ⑩은 '인터넷 쇼핑이 금전 감각을 쉽게 마비시킨다'는 내용이다. 이것은 다양한 선택 사항이 스트레스가 되는 이유가 아니다. 따라서 ⑩은 이 글에서 필요 없는 부분이다. 없애야 한다.

✏️ **문제 19 해답**

③과 ⑩을 뺀다.

정리하는 부분인 마지막 문장 ⑫는 빼고 ⑤부터 ⑨와 ⑪을 살펴보

자. 여기서는 다양한 선택 사항이 스트레스를 낳는 이유로 두 가지 유형을 들고 있다. 핵심은 ⑤와 ⑥의 차이다. 이 둘을 비교해 보자.

⑤ 선택 사항이 많아지면 많아질수록 우리는 그 안에 없는 것을 추구하고 싶어진다.

⑥ 선택 사항이 늘어난다는 것은 선택하지 않은 것이 늘어난다는 뜻이기도 하다.

이 차이를 분명히 파악하지 않으면 ⑦ 이후가 어수선해지게 된다.

예를 들어 A, B, C 등 세 가지 선택 사항이 있을 때 ⑤는 여기 없는 X를 찾는, 이른바 '없는 것을 내놓으라는 생떼'를 말한다. 한편 ⑥은 A를 선택하면 선택하지 않은 B와 C가 더 나았을 거라는 후회, 곧 '남의 떡이 더 커 보이는' 상태라고 할 수 있을 것이다.

⑤ : '없는 것을 내놓으라는 생떼'형
⑥ : '남의 떡이 더 커 보인다'형

그럼 ⑦부터 ⑨까지 살펴보자. 여기에는 '다양한 상품이 있지만 완벽하게 기대를 채워 주는 상품이 없어서 무엇을 사든 분명 단점이 있다는 불만이 생긴다'는 내용이 쓰여 있다. 이는 ⑤의 '없는 것을 내놓으라는 생떼'형 불만이다.

이에 비해 ⑪ '무엇을 골라도 고르지 않은 것이 더 좋게 생각된다'는 ⑥의 '남의 떡이 더 커 보인다'형 불만이다.

'화제별로 정리한다'는 점에 주의해 정리하면 ⑤와 ⑦~⑨를 하나로 정리할 수 있고, ⑥과 ⑪을 다른 하나로 정리할 수 있을 것이다.

✐ 문제 20 해답

①②④에서 '선택할 것이 다양해지면 도리어 스트레스가 생길 수 있다'는 현상을 지적한다. ⑤와 ⑦~⑨는 그 이유로 '선택할 것이 늘어날수록 그 안에 없는 것을 추구하고 싶어진다'를 제시하고, ⑥과 ⑪은 '선택 사항이 늘어난다는 것은 선택하지 않은 것이 늘어난다는 뜻이기도 하다'고 말한다. ⑫는 정리하는 문장이다.

자, 분석이 끝났다. 이제 고쳐 써 보자.

✐ 문제 22

예문 6을 더 이해하기 쉽게 고쳐 써 보자.

✐ 고쳐 쓴 예문 6

오늘날 우리가 선택할 수 있는 것들이 그 어느 시대보다도 다양해졌다. 식품이나 가전제품 등을 봐도 정말 다양한 상품이 시장에 나와 있다. 하지만 이것이 도리어 우리에게 스트레스가 될 수 있다. 이에 대해 두 가지 이유를 생각할 수 있다. 첫째, 선택 사항이 늘어나면 늘어날수록 우리는 그 안에 없는 것을 추구하고 싶어진다. 다양한 상품이 있지만 다 일장일단이 있고, 기대를 완벽하게 채워 주는 상품은 없다. 누구나 이런 경험이 있을 것이다. 그렇다면 무엇이든 어딘가 단점이 있을 수밖에 없다는 불만이 생긴다. 둘째, 선택 사항이 늘어난다는 것은 선택하지 않은 것이 늘어난다는 뜻이기도 하다. 이때 '저걸 골랐어야 하지 않을까?'라는 의구심이 커진다. 그래서 선택 사항이 많다는, 언뜻 보기에는 축복받은 상황이 도리어 스트레스를 낳는 역설이 생긴다.

지금까지 살펴본 예문(4, 5, 6)은 본격적으로 글을 쓰기 전의 머릿속 상태라고 할 수 있다. 말하려는 바가 머릿속에서 어수선하게 뒤엉켜 있는 상태다. 이것들을 생각나는 대로 쓰면 당연히 이해하기 어려운 글이 된다. **핵심은 세 가지다.**

1) **필요한 것만 쓴다. 말하려는 바를 분명히 하고, 이에 따른 관점으로 화제를 취사선택한다. 아무리 쓰고 싶은 것이 있어도 그 글과 상관없다면 깨끗이 포기한다.**
2) **화제별로 정리한다.**
3) **순서에 주의한다. 고쳐 쓴 예문 6에서는 문장 순서가 문제 되지 않았지만 긴 글일수록 어떤 순서로 쓰느냐가 중요해진다.**

글을 쓰기 전에 이 세 가지를 미리 정리해 두어야 한다. 이해하기 쉬운 글이 되느냐는 글을 쓰기 전 준비 단계가 크게 좌우한다.

어수선한 머리에서는 어수선한 글밖에 안 나와.

4부

분명하게
연결한다

1
접속 관계는
다양하다

"산책했다. 지쳤다."

갑자기 누군가 이렇게 말했다고 해 보자. '아, 이 사람이 산책을 다녀왔구나.' 이런 사실은 알 수 있다. 지쳤다는 사실도 알 수 있다. 하지만 이 두 사실이 무슨 관계일까? "산책했다. 하지만 지쳤다." "산책했다. 그런데도 지쳤다." "산책했다. 그래서 지쳤다." 이 중 어느 쪽일까? 또는 "산책했다. 그건 그렇다 치고 지쳤다."도 될 수 있다. "산책했다. 지쳤다." 이것만으로는 두 가지 사실의 관계가 분명하지 않다.

글이란 개별 내용을 단순히 나열하는 것이 아니다. 'A'라는 내용과 'B'라는 내용이 있을 때 'A라면 B', 'A니까 B', 'A지만 B일까' 등 A와 B 사이의 다양한 관계를 생각해 볼 수 있다. 글을 읽을 때는 이 관계를 적확하게 파악해야만 한다. 이와 반대로, 글을 쓸 때는 이 관계가 적확하게 상대에게 전달되도록 써야 한다. 그래서 접속 표현이 매우 중요하다.

대표적인 접속 표현이 '그래서'나 '그러나'와 같은 접속사인데, 이 밖에도 '~므로'나 '~니까' 같은 연결어미가 있으며 '~기 때문에'나 '그 결과'와 같이 두 단어 이상을 쓰는 경우도 있다. 이렇게 두 가지 내용의 관계를 표시하는 말을 접속 표현이라고 할 수 있다.

접속 표현은 매우 많으며 이들이 나타내는 접속 관계도 다양하다. 이를 정확히 분류하고, 설명하고, 정확한 사용법을 하나하나 따지려면 긴 논문을 써야 할 수도 있다. 하지만 내가 이 장에서 목표로 삼는 것은 그런 연습이 아니다. 내가 이야기하려는 것은 딱 한 가지다.

제대로 연결한다.

이것이다. 오직 이것뿐이다.

자세하게 다룰 필요는 없다고 생각하지만, 접속 관계를 나타내는 접속 표현에 어떤 것들이 있는지 정도는 살펴봐야 할 것 같다. 이미 다들 아는 표현이라서 하나하나 설명하면 지루할 것이다. 간단히 보고 문제로 넘어가자. 그런데 한 가지 이야기해 둘 것이 있다. 다음에 이어지는 설명은 어디까지나 일반적인 것이라서 '이 표현은 좀 아닌 것 같다'는 생각이 들 수도 있다. 또 짧은 예문 하나에서 여러 가지 접속 관계를 생각해 내는 경우도 있을 것이다. 일단 너무 복잡하게 생각하지 말고 봐 주기를 바란다. 이런 접속 관계, 접속 표현이 있다는 정도만 떠올리게 되면 충분하다. 중요한 것은 자질구레한 지식이 아니다. 문장을 제대로 연결하려고 하는 마음가짐이다.

모든 접속 관계를 하나하나 열거하면 읽기 지루할 테니 접속 표현이 나타내는 관계를 크게 셋으로 나누어 보자. 첫 번째는 '첨가·선택·환언·예시', 두 번째는 '대비·전환·보충', 세 번째는 '조건·양보·이유·결과'다.

- **첨가: A를 말하면서 B를 덧붙인다.**
- **선택: 여러 가지 사항 가운데서 고른다.**
- **환언: 어떤 사항을 다른 방식으로 바꾸어 말한다.**
- **예시: 예를 들어 설명한다.**

환언에는 설명하기 위해 더 쉽게 말하는 경우, 결론을 내리려고 정리하는 경우, 더 인상적인 표현으로 바꿔 말하는 경우 등이 있다. 다음에 가능한 한 단순한 예를 들었지만, 실제로는 확실하게 분류되지 않는 경우도 있다. 특히 환언은 앞서 말한 내용을 바꿔 말하면서 새로운 내용을 덧붙이는 경우도 드물지 않다.

✏️ **문제 23**

다음 예문이 첨가, 선택, 환언, 예시 가운데 무엇에 해당하는지 말해 보자.

1) 토막 낸 닭과 감자 등을 양념에 버무려 물을 부은 뒤 국물이 졸아들 때까지 끓인다. 이것은 분명히 '조림'이다. 곧 닭볶음탕은 조림이다.

2) 섬에 초대받은 이들은 한 사람씩 죽어 나갔다. 그리고 아무도 남지 않았다.

3) 버스가 없으니까 걸어간다. 그러지 않으면 택시를 부를 수밖에 없다.

4) 두 사람이 같은 지문을 가질 수는 없다. 게다가 지문은 평생 변하지 않는다.

5) 잘 관찰하면 상대방이 거짓말한다는 사실을 간파할 수 있다. 예를 들어, 말하면서 자꾸 코를 만지면 거짓말을 하고 있을 가능성이 높다.

6) 우리 회사에서는 동조 현상이 잘 일어난다. 곧 많은 사람이 같은 반응을 보이기 시작했을 때, 이에 어울리지 않으면 불안해진다.

7) 카드로 결제할 때는 서명을 한다. 또는 비밀번호를 입력해야 한다.

8) 모든 음식이 맛있었다. 또한 그릇이 아름다웠다.

9) 10세 이하 및 80세 이상인 분은 50퍼센트 할인합니다.

10) 그는 사람을 쉽게 믿고 부탁받으면 거절하지 못한다. 요컨대 사람이 좋다.

11) 인터넷 범죄가 점점 교묘해진다. 또한 질이 나빠지고 있다.

헷갈릴 우려가 있는 것부터 설명하겠다.

1)의 '곧'이라는 말이 때로 애매하다. 'A 곧 B'라고 썼을 때 B가 A를 바꿔 말한 경우뿐만 아니라 B가 A의 결과인 경우도 있다. B가 A의 내용을 반복한다고 여기면 환언이지만 A로부터 결론을 이끌어 낸다면 결과다. 1)은 토막 낸 닭과 감자 등을 양념에 버무려 물을 부은 뒤 국물이 졸아들 때까지 끓인 것은 분명 '닭볶음탕'이기 때문에 결과가 아니라 환언이라고 볼 수 있다.

4)의 '게다가'는 첨가 관계인데, 단순하지가 않다. 'A 게다가 B'는 'A일 뿐만 아니라 B이기도 하다'라며 강조하는 의미도 포함하기 때문에 거듭 보태는 누가(累加) 표현이다.

6)의 '곧'은 환언이지만 만약 '많은 사람이 같은 반응을 보이기 시작했을 때, 이에 어울리지 않으면 불안해진다'는 말이 동조 현상의 한 예에 지나지 않는다면 접속 관계는 예시가 된다. 그럼 이때 접속 표현은 '곧'이 아니라 '예를 들어'가 적절하다.

1) 환언   2) 첨가   3) 선택   4) 첨가   5) 예시   6) 환언

7) 선택   8) 첨가   9) 첨가   10) 환언   11) 첨가

- **대비: 복수의 사항들을 비교, 대조한다.**
- **전환: 앞에 나온 것과 반대되는 것을 주장한다.**
- **보충: 앞에서 서술한 내용에 대해 설명을 더하거나 예외를 제시하기도 한다.**

대비, 전환, 보충은 합쳐서 **'역접'** 관계라고도 한다. 두 가지 내용이 상반되는 것일 때 이들은 역접 관계로 연결되어 있다.

'두 가지 내용 A와 B가 상반된다'고 하더라도 A와 B가 반드시 모순된다고는 할 수 없다. 그보다는 더 유연한 의미에서 상반된다고 다룰 수 있는 경우가 많을 것이다. 예를 들어, "이 가게는 싸다."와 "이 가게는 맛없다."를 보자. 전자는 긍정적인 평가지만 후자는 부정적인 평가라서 역접 관계로 연결할 수 있다. 그런데 "이 가게는 싸다."와 "이 가게는 맛있다."도 싸면 맛이 없을 거라는 예상과 달리 '맛있다'면 상반되는 내용으로 볼 수 있으며 역접 관계로 연결할 수 있다.

역접 관계에서 대비, 전환, 보충은 연결되는 두 가지 내용 A와 B 중 어디에 무게가 실리느냐에 따라 구별된다.

대비는 A와 B가 비교, 대조되기 때문에 양쪽이 대등하게 나열된

다. 전환은 기본적으로 뒤에 오는 B가 말하고 싶은 것이고, 보충은 기본적으로 앞에 오는 A가 말하려는 것이다. 예를 들어, "인터넷은 편리하다. 그러나 맹신은 위험하다."와 같이 전환하면 뒤쪽에 무게가 실린다. 이를 더 강조하려면 '분명', '그러나'와 같이 자신의 주장에 반하는 내용을 일단 인정한 다음 자신의 주장을 서술하는 문장(양보문)을 만들면 될 것이다. 한편 "인터넷은 편리하다. 단, 맹신은 위험하다."와 같이 보충한다면 '편리하다' 쪽에 무게가 실린다.

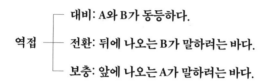

역접 ┬ 대비: A와 B가 동등하다.
　　 ├ 전환: 뒤에 나오는 B가 말하려는 바다.
　　 └ 보충: 앞에 나오는 A가 말하려는 바다.

또한 '그러나'는 전환을 나타내는 대표적인 역접 표현이지만 'A 그러나 B'에서 A와 B를 대비할 때도 사용하기 때문에 주의해야 한다.

🖋 **문제 24**

다음 예문은 대비, 전환, 보충 가운데 무엇에 해당하는지 말해 보자.

1) 육지거북과 바다거북은 어떻게 구분할까? 육지거북은 다리를 등딱지 안에 집어넣을 수 있다. <u>그러나</u> 바다거북은 그러지 못한다. 이것이 차이점이다.

2) 고백했지만 미안하다는 말을 들었다.

3) "밥은 내가 살게." 하고 폼을 잡고 싶었다. 그런데 돈이 모자랐다.

4) 소풍에 가져갈 수 있는 간식은 만 원어치다. 또한 바나나는 간식에 해당되지 않는다.

5) 어린아이들이 책을 잘 읽지 않는다고 한다. 그러나 예전보다 지금 아이들이 책을 더 많이 읽는다는 자료도 있다.

6) 작약은 풀이지만, 모란은 나무다.

7) 탄탄면을 주문했는데, 완탕면이 나왔다.

8) 일하고 싶지 않다. 그렇다고 해서 일하지 않을 수도 없다.

9) 자외선은 체내에서 비타민D를 만든다. 단, 너무 많이 쬐면 피부암의 원인이 되기도 한다.

10) 이발사는 면도를 할 수 있다. 한편 미용사는 원칙적으로 면도를 할 수 없다.

11) 정말 열심히 다이어트를 했다. 그럼에도 불구하고 2킬로그램이 늘었다.

12) '나일'이 아랍어로 '강'을 뜻해서 '나일강'은 '강강'이 된다고 한다. 단, 인터넷에서 본 정보라서 정말인지 아닌지는 알 수 없다.

대비, 전환, 보충의 차이를 예문을 통해 확인해 보자. 육지거북과 바다거북을 구분하는 방법에 대해 말하는 1)에서 육지거북에 대한 서술과 바다거북에 대한 서술은 동등한 무게를 갖는다. 따라서 이때

'그러나'는 대비를 나타낸다. 이에 비해 5)는 '예전보다 지금 아이들이 책을 더 많이 읽는다는 자료도 있다'는 것이 말하고 싶은 바다. 따라서 이때 '그러나'는 전환이다.

4)는 기본 규칙에 보충 설명을 하고 있다.

이와 마찬가지로 9)는 자외선이 유익하다는 사실을 말하고 싶기 때문에 뒷부분을 '단'으로 연결해 보충하는 형식으로 가볍게 이야기한다. 만약 자외선의 해로움을 강조하려고 한다면 '그러나'로 연결해 후반부에 무게를 둔다.

✎ **문제 24 해답**

1) 대비   2) 전환   3) 전환   4) 보충   5) 전환   6) 대비

7) 전환   8) 전환   9) 보충   10) 대비   11) 전환   12) 보충

- **조건: A라는 조건을 가정하면 B가 성립함을 서술한다.**
- **양보: B에 반하는 조건 A를 가정한다고 해도 B임을 서술한다.**
- **이유: 우선 A가 성립함을 서술한 다음 왜 A가 성립하는가를 설명하기 위해 B를 서술한다.**
- **결과: 우선 A가 성립함을 서술한 다음 그 결과로서 B를 서술한다.**

이 요점들을 살펴보자.

조건과 결과의 차이를 구별하기가 쉽지 않을지도 모르겠다. 구체

적인 예를 보면서 설명하겠다. 다음 문장을 비교해 보자.

  i) 밥을 먹으면 졸린다.

  ii) 밥을 먹었기 때문에 졸렸다.

조건의 접속 관계는 영어 'if'에 해당한다. '만약 …라면'이라는 가정형으로 바꿔 말할 수 있다면, 조건 접속이라고 생각해도 좋다. i)은 '만약 밥을 먹으면'이라는 가정이므로 조건 관계다. 이에 비해 ii)는 실제로 밥을 먹었고 그에 따라 졸렸기 때문에 결과다.

('역접의 가정 조건'이라고도 하는) 양보 조건은 영어의 'even'에 해당한다. "비가 와도 외출하자."는 비가 외출을 방해하는 조건이지만 외출하자고 한다. 이때 '-(아)도'가 양보 조건을 나타낸다. 단, "비가 내리기 시작했어도 경기는 계속되었다."는 가정된 조건이 아니라 실제로 비가 왔기 때문에 이때 '-(어)도'는 양보 조건이 아니라 전환을 나타낸다.

'A 그러므로 B'는 결과를 나타내는데, 이 관계가 성립할 때는 'B 왜냐하면 A이기 때문'이라는 이유의 관계가 성립한다.

✍ 문제 25

다음 예문은 조건, 양보, 이유, 결과 가운데 무엇에 해당하는지 말해 보자.

1) 감기에 걸려서 오늘은 쉬겠습니다.

2) 금붕어를 액체질소로 급속 냉동해도 즉시 해동하면 다시 살아난다.

3) 유쾌한 사람이라면 총을 쏘는 시늉을 할 때 쓰러지는 시늉으로 맞장구를 쳐 준다.

4) 무화과는 원래 과일이 아니다. 그래서 열매에 있는 꼭지가 없다.

5) 항생물질이 바이러스에는 효과가 없다. 왜냐하면 항생물질은 세균에만 효과가 있고 바이러스는 세균이 아니기 때문이다.

6) 도라에몽에 나오는 '미리 쓴 일기'가 있다면 인생이 마음먹은 대로 풀릴 것이다.

7) 어제 하나가 쌀쌀맞게 대해서 준은 오늘도 풀이 죽어 있다.

8) 내가 경마로 돈을 딸지라도 액수는 변변찮다.

9) 나는 개를 좋아하지 않는다. 그건 어린 시절에 물린 경험이 있기 때문이다.

10) 기압이 낮아지면 물의 끓는점도 낮아진다. 그러므로 산 정상에서 평소 밥 짓는 대로 하면 쌀이 잘 익지 않는다.

1)의 경우 감기에 걸린 것이 사실이고 그 결과로 쉬는 것이기 때문에 결과다. 이에 비해 3)은 '만약 유쾌한 사람이라면'이라고 조건을 가정하고 있다. 만약 이 부분이 '그가 유쾌한 사람이므로'였다면 결과가 된다.

8)에서는 돈을 따는 건 사람들이 부러워할 만한 일인데 그 뒤에

'변변찮다'고 부러워할 만한 게 아니라고 한다. 방향을 전환한 것이다. 또한 경마로 돈을 따는 것은 사실이 아니라 가정된 조건이다. 따라서 여기 있는 '-ㄹ지라도'는 양보를 나타낸다.

✎ **문제 25 해답**

1) 결과   2) 양보   3) 조건   4) 결과   5) 이유

6) 조건   7) 결과   8) 양보   9) 이유   10) 결과

지금까지 나온 접속 관계 분류를 정리해 보자.

첨가, 선택, 환언, 예시, 대비, 전환, 보충, 조건, 양보, 이유, 결과

이제 문제를 살펴보자.

✎ **문제 26**

알맞은 접속 표현을 골라 보자.

1) 일요일에 혼자 열심히 일하려고 했는데 갑자기 친구가 찾아왔다.
   <u>게다가 / 단</u>, 한잔하자며 술을 가져왔다. 이래서는 일을 할 수 없다.

2) 리드를 진동시켜 음을 내는 악기를 목관악기라고 한다. <u>그런데 / 따라서</u> 색소폰은 금속으로 만들었는데도 목관악기로 분류한다.

3) 두리안은 지독한 냄새가 난다고 한다. ⓐ 그러나 / 단, 이는 두리안에 대한 오해다. 두리안은 지독한 냄새가 나지 않는다. ⓑ 그러나 / 단, 신선하지 않고 품질이 나쁜 두리안은 분명 나쁜 냄새가 난다.

4) 수어(手語)가 반드시 세계 공통이라고는 할 수 없다. ⓐ 곧 / 예를 들어, '먹다'라는 표현도 한국과 일본이 다르다. 한국에서는 오른손을 펴고 손바닥이 위로 향하게 한 뒤 두 번 입으로 올린다. ⓑ 한편 / 또는 일본에서는 젓가락으로 음식을 입에 넣는 몸짓으로 표현한다.

1) 갑자기 친구가 찾아와서 일을 할 수 없다. 술을 가져와서 한잔하자고 꾀기까지 한다. 이래서는 점점 더 일을 할 수 없게 된다. 이것은 역접 관계가 아니다. '점점 더'에 어울리는 표현은 '게다가'다.

2) 전제에 해당하는 첫 문장과 '색소폰은 리드를 진동시켜 음을 낸다'는 숨은 전제가 맞물려 색소폰이 금속으로 만들어졌는데도 목관 악기라고 결론 내린다.

3) ⓐ와 ⓑ는 모두 역접이다. 그렇다면 전환일까, 보충일까? 여기서는 '두리안은 지독한 냄새가 나지 않는다'는 사실을 이야기하려고 하기 때문에 ⓐ가 전환, ⓑ가 보충이다.

4) '먹다'의 수어 이야기는 '수어가 세계 공통이 아니'라는 사실의 한 예이므로 ⓐ에는 '예를 들어'를 고른다. ⓑ는 '먹다'를 뜻하는 수어를 한국과 일본에서 어떻게 쓰는지 비교하는 것으로 '한편'이 적절하다.

1) 게다가   2) 따라서   3) ⓐ 그러나 ⓑ 단,

4) ⓐ 예를 들어, ⓑ 한편

이번에는 빈칸을 채우는 문제를 보자. 글의 흐름을 파악하고 각 접속 관계를 생각해서 그 관계를 나타내기에 알맞은 표현을 넣는 것이다. 답하기 어려운 문제가 있다면 힌트를 보며 생각해도 좋다.

✎ 문제 27

다음 빈칸에 들어갈 수 있는 접속 관계를 생각해서 알맞은 접속 표현을 넣어 보자.

① 달걀을 사면 유통기한이 찍혀 있다. ② 이것이 무엇을 의미할까? ③ 일반적으로 유통기한은 맛있게 먹을 수 있는 기간이며 소비기한은 안전하게 먹을 수 있는 기간이다. ④ a) 달걀은 사정이 좀 다르다. ⑤ 달걀의 유통기한은 맛있게 먹을 수 있는 기간이 아니라 '날것으로 먹을 수 있는 기간'이다. ⑥ 이 기간은 식중독의 원인이 되는 살모넬라균이 급격히 증식하기까지 걸리는 시간에 기초해 정해졌다. ⑦ b) 살모넬라균은 가열하면 다 죽는다. ⑧ c) 유통기한을 일주일 정도 넘긴 달걀도 충분히 가열하면 먹을 수 있다. ⑨ d) 달걀은 '먹지 못할 정도는 아니지만 날것으로는 먹지 않는 편이 좋다'는 의미에서 이 기간을 '소비기한'이

아니라 '유통기한'으로 정한다.

우선 a)를 생각해 보자. ③에서 '유통기한'과 '소비기한'의 일반 규정을 서술하고 ④에서 달걀은 이 규정을 따르지 않는다고 말한다. 이 접속 관계는 역접인데, 그렇다면 대비·전환·보충 가운데 무엇일까? 이 글이 ③의 일반 규정과 ④ 달걀의 경우 중 어느 쪽을 더 강조해 이야기하려고 하는지 생각해 보자.

그다음에 ⑥⑦⑧을 살펴보자. 이 문장들은 다음과 같이 정리할 수 있다.

⑥ 달걀의 유통기한은 살모넬라균이 증식하기 직전까지의 기간이다.

⑦ 살모넬라균은 가열하면 죽는다.

⑧ 유통기한을 일주일 정도 넘긴 달걀도 가열하면 먹을 수 있다.

⑥을 읽으면 소비기한을 넘기면 먹지 못한다고 생각하기 쉽지만 ⑦과 ⑧에서는 가열하면 먹을 수 있다고 이야기한다. 따라서 ⑥의 접속 관계는 역접으로 파악할 수 있다. 그럼 대비, 전환, 보충 가운데 무엇일까? ⑥과 ⑦, ⑧ 가운데 어느 쪽을 더 강조하려고 하나?

⑦과 ⑧의 관계는 '살모넬라균은 가열하면 죽는다 → 살모넬라균이 죽으면 먹을 수 있다'로 파악하면 명백해질 것이다.

⑨는 앞의 서술을 정리한다. 따라서 접속 관계는 환언이 적당하지만 결과로 볼 수도 있다. 다소 애매하지만 '곧'을 넣어 보자.

✍ 문제 27 예시 답안

(각 접속 표현은 여러 가지를 생각할 수 있으나 대표적인 표현만 들어 두겠다.)

a) 전환: '그러나', '하지만' 등

b) 전환: '그러나', '하지만' 등

c) 결과: '그러므로', '그래서' 등

d) 환언(결과): '곧'('결국', '따라서' 등도 쓴다.)

2

연결 방법에
민감해지자

이 장에서 제시하는 문제는 우선 내용을 생각하지 말고 읽기를 바란다. 글의 가락만 느껴 보자. 소리 내어 읽어도 좋다. 이런 읽기 방식을 '음독 모드'라고 하자. 음독 모드로 읽으면 딱히 위화감이 안 느껴질지도 모른다. 그다음에 내용을 이해하려고 하면서 읽어 보자. 이 읽기 방식은 '이해 모드'라고 하자. 이렇게 읽었는데도 위화감을 느끼지 못한다면, 안타깝게도 당신의 읽기 방식은 이해 모드로 충분히 전환되지 못했으며 변함없이 음독 모드로 읽고 있다고 봐야 한다.

음독 모드로밖에 읽지 못하는 사람에게는 다음 세 문제가 어려울지도 모르겠다. 하지만 바로 이런 사람들을 위해 준비한 문제들이다. 이제 자신이 어떤 방식으로 읽는지 같이 살펴보자.

✍️ **문제 28**

다음 글에서 알맞지 않은 접속 표현을 하나 고르고 알맞은 표현으로 고쳐 보자.

① 모차르트의 초상화를 보면 머리카락이 파마를 한 것처럼 말려 있다. ② 하지만 이 머리카락은 가발이다. ③ 그럼 왜 모차르트가 가발을 쓰고 있을까? ④ 대머리라서가 아니다. ⑤ 프랑스혁명 전 유럽에서는 귀족의 사교 모임 정장으로 가발이 필요했다. ⑥ 그리고 프랑스혁명이 일어나 귀족이 힘을 잃어버리자 가발도 버려졌다. ⑦ 예를 들어, 바흐나 모차르트는 가발을 썼지만 프랑스혁명 이후에 활동한 슈베르트나 쇼팽은 가발을 안 썼다.

✍️ **문제 29**

다음 글에서 알맞지 않은 접속 표현을 하나 골라 고쳐 보자.

① 사람들은 종종 비행기를 보고 "저렇게 무거운 게 어떻게 날까?" 하고 말한다. ② 이렇게 말하는 사람은 종이비행기가 나는 모습을 딱히 신기하게 여기지 않을 것이다. ③ 그러나 종이비행기를 대형 여객기만 한 크기로 확대하면 1000톤 정도의 무게가 나간다. ④ 이에 비해 주로 알루미늄 합금으로 만들어지는 대형 여객기는 300~400톤밖에 되지 않는다. ⑤ 곧 알루미늄 합금으로 만든 비행기가 종이로 만든 비행기보

다 훨씬 가볍다. ⑥ 단, 종이비행기와 대형 여객기가 나는 원리는 같다. ⑦ 곧 둘 다 날개에 생기는 '양력(揚力)'이라는, 들어올리는 힘을 이용해 난다. ⑧ 그러므로 당신이 종이비행기를 신기하게 생각하지 않는다면 대형 여객기가 나는 것도 신기하게 여길 필요가 없다.

✏️ 문제 30

다음 글에서 알맞지 않은 접속 표현을 다 골라 고쳐 보자.

① 언젠가는 죽는다. ② 이는 분명한 사실이다. ③ 하지만 언제 어떤 식으로 마지막 순간을 맞이할지는 알 수 없다. ④ 우리는 평소 생활하면서 내일 일정을 잡기도 하고 다음 달 떠날 여행 계획을 세우기도 한다. ⑤ 지금부터 10년 뒤를 준비하는 사람도 있을 것이다. ⑥ 또는 우리의 예정이나 계획과는 상관없이 죽음이 어느 날 갑자기 찾아오기도 한다. ⑦ 그러나 그렇다고 해서 삶의 연장선상에 죽음이 있는 것은 아니다. ⑧ 우리는 바로 지금 이 순간에도 죽음을 등 뒤에 둔 채 살고 있다.

　글을 읽은 소감이 어떤가? 위화감을 느꼈는지부터 스스로 생각해 보자. 문제 28과 문제 29는 각각 한 군데, 문제 30은 여러 군데의 접속 표현이 이상하다.

　그럼 문제 28부터 살펴보자. 위화감을 느껴야 하는 부분은 ⑦의 '예를 들어'다. 위화감을 못 느낀 사람은 어디가 이상한지 신경 쓰면서 다시 읽어 보길 바란다.

⑤와 ⑥은 혁명 전후의 일을 이야기하고 ⑦에서는 이에 대해 구체적인 음악가를 예로 들어 설명한다. 그럼 '예를 들어'도 적절하지 않을까? 만약 이렇게 생각했다면 내가 놓은 덫에 제대로 걸려든 셈이다. 나는 '바흐나 모차르트는 가발을 썼지만 프랑스혁명 이후에 활동한 슈베르트나 쇼팽은 가발을 안 썼다'고 음악가의 이름을 늘어놓으면서 그야말로 '예를 든다'는 분위기를 풍겼다. 이 분위기에 속아 '예를 들어'라는 표현이 이상함을 눈치채지 못한 것이다. 그렇지만 문제 28은 모차르트가 가발을 쓴 이유에 대한 글이다. 모차르트는 프랑스혁명 전에 활약했다. 당시 가발은 귀족의 정장이었다. 이 부분에서 '예를 들어, 모차르트는⋯'이라고 서술하면 어색하다. 이 글에서 모차르트는 단순한 예가 아니기 때문이다.

✎ **문제 28 해답**

⑦의 '예를 들어'를 '그러므로'처럼 결과를 나타내는 접속 표현으로 바꾼다.

문제 29로 넘어가 보자. 이 글에서 위화감을 느껴야 하는 부분은 ⑥의 '단'이다. ③∼⑧의 내용을 살펴보자.

③④⑤ 대형 여객기보다 종이비행기가 무겁다.

⑥⑦ 종이비행기와 대형 여객기가 나는 원리는 똑같다.

⑧ 대형 여객기가 난다는 사실은 결코 신기한 일이 아니다.

③④⑤와 ⑥⑦이 다 ⑧의 근거다. 그렇다면 ⑥의 접속 관계는 역접이 아니다. ③④⑤에 ⑥⑦을 더해 ⑧의 근거로 삼는다. 첨가 관계로 파악해야 가장 적절하다. 첨가 접속 표현으로는 '그리고'도 괜찮다. 하지만 '③④⑤이므로 ⑧, ⑥⑦이므로 더더욱 ⑧'이라는 느낌을 주려면 '게다가' 정도가 알맞을 것이다.

✍ **문제 29 해답**

'단'을 '게다가' 같은 첨가의 접속 표현으로 바꾼다.

문제 30을 살펴보자. 이 글은 '삶의 연장선상에 죽음이 있다'와 '죽음을 등 뒤에 둔 채 살고 있다'와 같이 어려운 표현이 있어서 자칫 음독 모드로 읽게 된다. 그렇게 음독 모드로 읽으면 딱히 위화감을 느끼지 않을 수도 있다.

내용을 자세히 살피면서 읽어 보자. ①③⑥에서는 죽음에 관해 서술하고, ④⑤에서는 삶의 자세를 말하고 있다. 우리는 예정이나 계획을 세운다. 곧 어느 정도 미래를 시야에 넣고 살아가는 것이 우리의 생활 방식이다. 이에 비해 죽음은 예정이나 계획과는 관계없이 갑자기 찾아와 삶을 중지시킨다. 이것이 '삶의 연장선상에 죽음이 있는 것은 아니'라는 말의 뜻이다. 내일 죽을지도 모른다. 아니, 바로 지금 이 순간 죽음 때문에 내 삶이 중단될지도 모른다. 그렇다면 우리는 지금 이 순간에도 '죽음을 등 뒤에 둔 채 살고 있다'.

이렇게 내용을 이해하면 ⑥의 '또는'이 어색하게 느껴질 것이다. ④⑤는 우리 삶의 모습이며 ⑥은 이를 중지시키는 죽음의 모습이다. 그렇다면 이들을 연결할 수 있는 말은 '또는'이 아니다. '그러나'가 알맞지 않을까? 그럼 이때 '그러나'는 대비일까, 전환일까? 삶과 죽음을 대비한다고 볼 수도 있지만, 글 전체가 삶을 중지시키는 죽음에 대해 서술하기 때문에 전환으로 보는 것이 바람직할 듯하다.

또 ⑦의 '그러나 그렇다고 해서'도 부적절하다. ⑦과 ⑧은 ①~⑥을 정리하는 결론이다. 따라서 역접 관계로 보면 안 된다. 인상적인 표현으로 바꿔 말하는 환언 관계다. 또는 ⑥⑦을 ①~⑤의 결과로 생각할 수도 있다. 그럼 환언과 결과 양쪽에 다 쓸 수 있고 종종 결론을 나타내는 표현인 '곧'이 좋을 듯하다.

✎ 문제 30 해답

⑥의 '또는'을 전환을 나타내는 '그러나' 같은 접속 표현으로 바꾼다. ⑦의 '그러나 그렇다고 해서'를 환언을 나타내는 '곧' 같은 접속 표현으로 바꾼다.

다음에 고쳐 쓴 글이 있다. 예문과 비교하면서 읽어 보자.

언젠가는 죽는다. 이는 분명한 사실이다. 하지만 언제 어떤 식으로 마지막 순간을 맞이할지는 알 수 없다. 우리는 평소 생활하면서 내일 일정을 잡기도 하고 다음 달 떠날 여행 계획을 세우기도 한다. 지금부터 10년 뒤를 준비하는 사람도 있을 것이다.

그러나 우리의 예정이나 계획과는 상관없이 죽음이 어느 날 갑자기 찾아오기도 한다. 곧 삶의 연장선상에 죽음이 있는 것이 아니다. 우리는 바로 지금 이 순간에도 죽음을 등 뒤에 둔 채 살고 있다.

3

연결하며 쓰기

접속 표현이 없다면 글은 여러 항목을 단순히 늘어놓는 데 그치고 말 것이다. 다음 예문을 읽어 보자. 잘 이해되지 않는 글임을 알 수 있을 것이다. 문장들을 잘 연결해서 이해하기 쉬운 글로 고쳐 쓰는 연습을 해 보자. '잘 연결한다'는 의식이 몸에 배도록 지겹다 싶을 만큼 접속 표현을 명시해서 써 보자.

✎ **예문 7**

① 간토대지진 때 도쿄의 피해가 막심했다. ② 도쿄에 난 지진이라고 생각하기 쉽다. ③ 사망자 수는 도쿄가 압도적으로 많다. ④ 이는 주로 화재에 따른 피해였고, 집이 무너져 사망한 사람 가운데 절반 정도는 가나가와현에 있었다. ⑤ 진앙 지역이 사가미 만을 중심으로 펼쳐져 있다. ⑥ 간토대지진은 도쿄에 난 지진이라기보다 가나가와현에 일어난

지진이라고 하는 편이 적절하다.

✏️ **문제 31**

알맞은 접속 표현을 보충해 가면서 예문 7을 고쳐 써 보자.

글의 요지는 '간토대지진이 ② 도쿄에 난 지진이라고 생각하기 쉽지만, ⑥ 가나가와현에 난 지진이라고 하는 편이 적절하다'는 것이다.

① 도쿄의 피해가 막심했다는 것은 ②의 이유에 해당한다.

③부터는 간토대지진을 도쿄에 난 지진으로 생각하는 상식에 대한 반론이다. 우선 ①과 같은 내용을 ③에서 사망자 수는 도쿄가 압도적으로 많다며 반복하지만, 이는 간토대지진을 도쿄에 난 지진으로 생각하는 근거가 못 된다고 말한다. 곧 ④ 도쿄의 피해는 주로 화재 때문이었고, 땅이 흔들려서 생긴 피해는 가나가와현 쪽이 컸다는 것이다.

④에 이어 ⑤ 진앙 지역이 가나가와현 남부의 사가미 만을 중심으로 펼쳐져 있다면서 간토대지진을 가나가와현에 일어난 지진으로 봐야 한다는 의견의 근거를 추가한다.

그리고 ④와 ⑤로부터 ⑥ 간토대지진은 도쿄에 난 지진이라기보다 가나가와현에 일어난 지진이라고 하는 편이 적절하다고 결론 내린다.

글 전체의 구조가 이렇다. 그러면 이 구조를 염두에 두고 고쳐 써 보자.

✎ **고쳐 쓴 예문 7**

(수정한 부분에 밑줄을 그었다.)

간토대지진 때 도쿄의 피해가 막심했기 때문에 도쿄에 일어난 지진이라고 생각하기 쉽다. 분명 사망자 수는 도쿄가 압도적으로 많다. 그러나 이는 주로 화재에 따른 피해였고, 집이 무너져 사망한 사람 가운데 절반 정도는 가나가와현에 있었다. <u>또한</u> 진앙 지역도 가나가와현 남부의 사가미 만을 중심으로 펼쳐져 있다. <u>그러므로</u> 간토대지진은 도쿄에 난 지진이라기보다 가나가와현에 일어난 지진이라고 하는 편이 적절하다.

물론 이것은 하나의 예일 뿐이고, 다른 접속 표현을 쓸 수 있다. 예를 들어, "간토대지진 때 도쿄의 피해가 막심했다. 그러므로 도쿄에 일어난 지진이라고 생각하기 쉽다."처럼 두 문장으로 나누어도 좋다. 또 '그러므로'뿐만 아니라 '따라서', '그래서'를 쓸 수 있다. 접속 관계를 분명히 파악해 이를 제대로 표현하는 것이 중요하다. 지금 단계에서는 제대로 연결되기만 하면 다소 부자연스럽더라도 신경 쓰지 말자. 매끄러운 문체도 중요하지만 그것에 너무 신경 쓰다 보면 음독 모드에서 못 벗어날 수 있다.

좀 더 자세하게 살펴보자. '분명'을 넣은 것은 그다음에 오는 '그러나'와 호응해 양보의 뜻을 명확하게 하기 위해서다. '분명' 대신 '과연'을 써도 된다.

'또한 진앙 지역도'에서 '도'를 쓴 것은 첨가의 관계를 강조하기 위해서다. 이 문장은 '진앙 지역이'라고 그대로 두어도 문제가 없다.

그럼 다시 예문 7과 고쳐 쓴 예문 7을 비교하면서 읽어 보자. 예문 7에서 뜻을 알 수 없는 문장은 없다. 그러나 접속 표현이 없어서 전체 흐름이 눈에 들어오지 않는다. 글을 읽어도 머리에 잘 들어오지 않을 것이다. 그래서 접속 표현이 중요하다는 사실을 실감할 수 있다.

✍️ **예문 8**

① 고령자를 둘러싼 사회 상황이 크게 변하고 있다. ② 가장 큰 요인은 노령연금 수급 시작 연령이 출생 연도에 따라 60세에서 65세로 서서히 올라간다는 사실이다. ③ 많은 기업이 정년퇴직 연령을 60세로 설정하고 있으나, ④ 정년과 연금 수급 시작 연도 사이에 최대 5년이라는 차이가 생긴다. ⑤ 지급 액수도 줄이는 방향으로 나아갈 가능성이 크다. ⑥ 남녀 모두 평균수명이 늘고 있으며 ⑦ 정년 이후 소득 보상이 예전보다 훨씬 중요해졌다. ⑧ 정부도 고령자의 고용을 촉진하려는 노력을 기울인다. ⑨ 고령자고용촉진법을 개정해 고령자의 취업을 지원하고 기업이 차별 없이 고령자를 고용하도록 유도하는 등 여러 정책을 펴고 있다.

우선 이 글이 문제로 출제되었다는 사실을 의식하지 말고 편하게 읽어 보면 좋겠다. 이때 음독 모드가 아니라 이해 모드로 읽어 보자. 아마 이해하기에 어렵지는 않을 것이다.

이런 글은 쉽게 찾아볼 수 있다. 고쳐 쓸 필요가 없다고 생각하는 사람도 있을 것이다. 나는 바로 그 지점을 노리고 이 예문이 꽤 잘 읽히도록 썼다. 하지만 이 정도로는 충분하지 않다는 사실을 알아야 한다. 읽는 사람에게 되도록 부담을 주지 않는 글, 한번 읽으면 바로 이해할 수 있는 글, 이런 글을 목표로 삼자. 길이 남을 명문을 쓰자는 것이 아니다. 이른바 '뜻이 잘 통하는 글'을 쓰면 좋겠다.

예문 8을 읽고 어떤 느낌이 들었는가? 분명 잘 읽으면 내용을 이해할 수 있다, 하지만 잘 읽지 않으면 이해하기 어렵다, 어쩐지 머리에 잘 들어오지 않는다. 이런 느낌이 들었을 것이다. 읽는 사람에게 더 친절하고 듣기만 해도 내용이 전달되는 글이 되도록 고쳐 보자.

글을 쓰는 사람은 물론 내용을 다 알고 있다. 하지만 읽는 사람은 그렇지 않다. 바로 여기에 글쓰기의 함정이 도사리고 있다. 쓰는 사람은 여러 번 다녀서 익숙해진 길이지만, 읽는 사람에게는 처음 가 보는 길인 것이다. 그래서 표지판을 세워 줘야 한다. 글에서 표지판 구실을 하는 것이 접속 표현이다.

예문 8은 대부분의 표지판을 철거한 글이다. 우리가 읽는 사람에게 되도록 친절하게 표지판, 즉 접속 표현을 제시해 이해하기 쉬운 글로 만들어 보자.

✎ **문제 32**

알맞은 접속 표현을 더하면서 예문 8을 고쳐 써 보자.

예시 답안이 있다.

✎ **고쳐 쓴 예문 8**

(수정한 부분에 밑줄을 그었다.)

① 고령자를 둘러싼 사회 상황이 크게 변하고 있다. ② 이렇게 된 가장 큰 요인은 노령연금 수급 시작 연령이 출생 연도에 따라 60세에서 65세로 서서히 올라간다는 사실이다. ③ 한편 많은 기업이 정년퇴직 연령을 60세로 설정하고 있다. ④ 그 결과, 정년과 연금 수급 시작 연도 사이에 최대 5년이라는 차이가 생긴다. ⑤ 게다가 지급 액수도 줄이는 방향으로 나아갈 가능성이 크다. ⑥ 남녀 모두 평균수명이 늘고 있다. ⑦ 이에 따라 정년 이후 소득 보상이 예전보다 훨씬 중요해졌다. ⑧ 그러므로 정부도 고령자의 고용을 촉진하려는 노력을 기울인다. ⑨ 예를 들면, 고령자고용촉진법을 개정해 고령자의 취업을 지원하고 기업이 차별 없이 고령자를 고용하도록 유도하는 등 여러 정책을 펴고 있다.

수정한 부분을 살펴보자.

②에는 딱히 접속 표현이 필요하지는 않다. 하지만 '가장 큰 요인'이 ①의 내용을 받았다고 명시하기 위해 '이렇게 된 가장 큰 요인'이라고 했다.

③ '많은 기업이 정년퇴직 연령을 60세로 설정하고 있으나'에서 '있으나'가 부적절하다. 연결어미 '-나'는 역접이 아닌 연결에도 (비교의 뜻으로) 쓰기 때문에 편리한 반면, 접속 관계가 애매해진다. 다른 접속 표현과 조합해 쓰든가 아예 쓰지 않는 편이 좋다.

그럼 ②~④는 어떻게 연결되어 있을까? 내용을 다시 살펴보자.

② 노령연금 수급 시작 연령이 60세에서 65세로 올라가고 있다.

③ 많은 기업이 정년퇴직 연령을 60세로 설정하고 있다.

④ 정년과 연금 수급 시작 연도 사이에 최대 5년이라는 차이가 생긴다.

우선 ②의 노령연금 수급 시작 연령과 ③의 정년퇴직 연령을 비교해 ④ '최대 5년이라는 차이'를 이끌어 낸다. 그럼 ②와 ③을 '한편'이라는 접속 표현으로 연결하고, 여기에서 '그 결과'로 ④를 이끌어낸다.

④에 이어 ⑤ '지급 액수도 줄이는 방향으로 나아간다'와 ⑥ '평균 수명이 늘고 있다'를 더해 ④~⑥을 이유로 삼고 ⑦ '정년 이후 소득 보상이 중요해졌다'고 결론 내린다. 그러므로 ④에 ⑤와 ⑥이 더해진 것을 나타낼 수 있도록 첨가의 접속 표현을 쓴다. '또한'이나 '그리고'도 좋지만, 예시 답안에서는 ④에 ⑤와 ⑥이라는 근거를 쌓아 올린다는 느낌을 주기 위해 '게다가'를 썼다.

⑦ '정년 이후 소득 보상이 중요해졌다'는 ⑧ '정부도 고령자의 고용을 촉진하려는 노력을 기울인다'의 이유가 된다. 바꿔 말하면 ⑧이 ⑦의 결과다. 그러므로 ⑦과 ⑧은 결과를 나타내는 접속 표현으로 연결한다. 예시 답안에서는 '그러므로'를 썼지만 '그래서'를 쓸 수도 있다.

⑨ 고령자고용촉진법 개정에 관한 이야기는 문장 끝부분에 나오는 '등'으로 알 수 있듯 정부의 대응 가운데 하나라서, 이를 나타내기

위해 '예를 들면'으로 연결했다.

이런 과정을 거쳐 수정한 것이 예시 답안이다. 먼저 제시한 원문과 수정한 예시 답안을 나란히 놓고 비교하며 읽어 보자. 이 문제는 두 글을 비교해 봐야만 진가를 알 수 있다. 예문 8을 읽고 '아, 이대로는 안 되겠다.' 하고 생각하기를 바란다. 처음에는 '어디가 이상하지? 잘 모르겠는데.' 하던 사람도 수정한 글을 읽으면 예문 8 같은 글이 어색하다는 사실을 알 수 있다.

원문 고령자를 둘러싼 사회 상황이 크게 변하고 있다. 가장 큰 요인은 노령연금 수급 시작 연령이 출생 연도에 따라 60세에서 65세로 서서히 올라간다는 사실이다. 많은 기업이 정년퇴직 연령을 60세로 설정하고 있으나, 정년과 연금 수급 시작 연도 사이에 최대 5년이라는 차이가 생긴다. 지급 액수도 줄이는 방향으로 나아갈 가능성이 크다. 남녀 모두 평균수명이 늘고 있으며 정년 이후 소득 보상이 예전보다 훨씬 중요해졌다. 정부도 고령자의 고용을 촉진하려는 노력을 기울인다. 고령자고용촉진법을 개정해 고령자의 취업을 지원하고 기업이 차별 없이 고령자를 고용하도록 유도하는 등 여러 정책을 펴고 있다.

수정문 고령자를 둘러싼 사회 상황이 크게 변하고 있다. 이렇게 된 가장 큰 요인은 노령연금 수급 시작 연령이 출생 연도에 따라 60세에서 65

세로 서서히 올라간다는 사실이다. 한편 많은 기업이 정년퇴직 연령을 60세로 설정하고 있다. 그 결과, 정년과 연금 수급 시작 연도 사이에 최대 5년이라는 차이가 생긴다. 게다가 지급 액수도 줄이는 방향으로 나아갈 가능성이 크다. 남녀 모두 평균수명이 늘고 있다. 이에 따라 정년 이후 소득 보상이 예전보다 훨씬 중요해졌다. 그러므로 정부도 고령자의 고용을 촉진하려는 노력을 기울인다. 예를 들면, 고령자고용촉진법을 개정해 고령자의 취업을 지원하고 기업이 차별 없이 고령자를 고용하도록 유도하는 등 여러 정책을 펴고 있다.

예문 8은 접속 표현을 쓰지 않았다는 점에서 좋지 않은 글이다. 그런데 한층 더 좋지 않은 것은 연결 방식이 애매한 글이다. 표지판에 비유하자면, 전자는 표지판이 없는 길이고 후자는 애매한 표지판을 세워 놓은 길이다. 예를 들어, 앞에서 본 '많은 기업이 정년퇴직 연령을 60세로 설정하고 있으나'에서 '-나'가 바로 애매한 연결 방식이다. 이렇게 애매한 연결 방식을 쓰면 끊임없이 늘어지는 글이 되어 버린다. 마지막으로 이런 문제에 대해 생각해 보자.

머리가 아파질 만큼 못 쓴 글이라서 넌더리가 나는 독자는 얼른 뒤에 있는 힌트를 읽고 내용을 파악한 다음, 접속 표현을 보완해 고쳐 쓰는 작업을 해도 좋다.

추운 지역에는 침엽수가 자라는데, 왜 침엽수가 추위에 강한가 하면, 활엽수는 물관이라는 빨대 같은 조직으로 뿌리에서 빨아올린 물을 옮기는데, 침엽수는 진화상 더 오래된 유형의 식물이며 물관이 없고 헛물관이라는 오래된 조직으로 세포 사이에 있는 작은 구멍을 통해 이른바 양동이로 물을 퍼 나르는 식으로 세포에서 세포로 물을 옮기며, 이렇게 하면 물을 옮기는 효율이 매우 떨어지지만 한 가지, 동결에 강하다는 장점이 있어서, 물이 얼면 얼음이 녹을 때 기포가 생겨 물관은 그 기포 때문에 물의 흐름이 중단되어 물을 빨아올리지 못하게 되지만 헛물관은 세포에서 세포로 조금씩 물을 옮기는 식으로 얼음이 녹을 때 생기는 기포 때문에 물의 흐름이 중단되는 일도 잘 일어나지 않아 침엽수는 극지에 가까운 곳에서도 살 수 있다.

모든 문장을 연결해서 하나로 만들었어!

'연결한다'는 게 그런 뜻이 아니잖아.

✍️ **문제 33**

알맞은 접속 표현을 보충하면서 예문 9를 고쳐 써 보자.

문제 33 힌트

우선 앞부분부터 살펴보자. 내용을 쪼개 번호를 붙여 나간다.

① 추운 지역에는 침엽수가 자란다.

② 왜 침엽수는 추위에 강한가?

③ 활엽수는 물관으로 물을 옮긴다.

④ 침엽수는 더 오래된 유형의 식물이다.

⑤ (침엽수는) 물관이 없고 헛물관이라는 오래된 조직을 이용한다.

⑥ (헛물관은) 세포 사이에 있는 작은 구멍을 통해 세포에서 세포로 물을 옮긴다.

⑦ 이 조직은 물을 옮기는 효율이 매우 떨어진다.

⑧ (헛물관은) 동결에 강하다는 장점이 있다.

①과 ②는 문제 제기다. ③ 이후에 '왜 침엽수는 추위에 강한가'에 대한 답이 나온다. ③~⑤에서 활엽수와 다른 침엽수의 특징을 설명하는 것이다. 그다음 ⑥에서 '헛물관'이 무엇인가를 설명하고, 이 조직은 ⑦ 효율이 떨어진다는 단점이 있으나, ⑧ 동결에 강하다는 장점이 있다고 말한다. 여기까지가 앞부분이다.

계속해서 뒷부분을 살펴보자.

⑨ 물은 얼었다가 녹을 때 기포가 생긴다.
⑩ 물관은 이 기포 때문에 물의 흐름이 중단된다.
⑪ (물관은) 물을 빨아올릴 수 없게 된다.
⑫ 헛물관은 세포에서 세포로 조금씩 물을 옮긴다.
⑬ (헛물관은) 기포 때문에 물의 흐름이 중단되는 일이 없다.
⑭ 침엽수는 극지에 가까운 곳에서도 살 수 있다.

⑨~⑪은 물관이 동결에 약하다는 설명이다. 설명을 좀 더 하겠다. 빨대를 떠올려 보자. 빨대 안에서 물이 얼었다가 녹는다. 이때 얼음에 갇혀 있던 공기가 나오면서 빨대 안에 기포가 생긴다. 그 기포가 물의 흐름을 막기 때문에 빨대가 물을 빨아올리지 못하게 된다.

⑫와 ⑬은 헛물관에서는 기포 때문에 물의 흐름이 중단되는 일이 없다고 설명한다. 물을 조금씩 옮기기 때문에 효율이 떨어지지만, 물이 녹으면서 생기는 기포가 빨대 구석구석에 자리 잡는 위험을 막는다.

지금까지 한 이야기를 정리해 보자. 추운 지방에서 식물이 살아가는 데 뿌리에서 빨아올린 물이 얼면 큰일일 것이다. 얼음이 녹을 때는 그 안에 있던 기포가 나와 물의 흐름을 막는다. 그런데 침엽수는 양동이로 물을 전달하듯이 조금씩 물을 운반하기 때문에 기포에 따른 문제가 잘 생기지 않는다.

이런 내용으로부터 마지막에 ⑭ '침엽수는 극지에 가까운 곳에서도 살 수 있다'는 결론이 나온다. 여담이지만, 나는 진화의 관점에서는 구식이고 효율이 떨어지는 조직이 바로 그 떨어지는 효율 때문에 역경에 강하다는 이 이야기가 시사하는 바가 아주 크다고 생각한다.

이제 내용을 파악했으니 고쳐 써 보자.

✍ 고쳐 쓴 예문 9

추운 지역에는 침엽수가 자란다. 그렇다면 왜 침엽수는 추위에 강한가? 활엽수는 물관이라는 빨대 같은 조직으로 뿌리에서 빨아올린 물을 옮긴다. 그러나 침엽수는 진화상 더 오래된 유형의 식물이기 때문에 물관이 없고 헛물관이라는 오래된 조직을 이용한다. 곧 세포 사이에 있는 작은 구멍을 통해, 마치 물이 든 양동이를 줄줄이 전달하듯 세포에서 세포로 물을 옮긴다. 이 방식은 물을 운반하는 효율이 매우 떨어진다. 하지만 딱 한 가지, 동결에 강하다는 장점이 있다. 물이 얼었다가 녹을 때는 기포가 생긴다. 물관의 경우, 이 기포가 커지면서 물의 흐름이 끊긴다. 그리고 이렇게 되면 물관이 물을 빨아올릴 수 없게 된다. 그러나 세포에서 세포로 물을 조금씩 옮기는 헛물관은, 얼음이 녹을 때 생기는 기포 때문에 물의 흐름이 끊기는 일이 잘 일어나지 않는다. 따라서 침엽수는 극지에 가까운 곳에서도 살 수 있다.

명확하고 이해하기 쉬운 글을 쓰려면 한 문장, 한 문장을 되도록 간결하게 쓰는 편이 좋다. 그리고 이 문장들을 적확한 접속 표현으로 연결해야 한다.

접속 표현은 글에서 표지판과 같은 존재다. 내가 아는 사실을 다른 사람도 안다는 식의 독선적인 태도는 표지판이 없는 글이나 애매한 표지판을 세워 놓은 글을 낳을 것이다. 상대의 상황을 생각해서 그 사람이 헤맬 것 같은 부분에는 적확한 접속 표현을 쓰자. 그러면 글의 흐름이 눈에 잘 들어올 것이다. 흐름이 보이지 않는 글은, 문장 하나하나의 뜻은 알 수 있어도 '뜻이 잘 통하는 글'과는 거리가 멀 수밖에 없다.

- - - - - -

5부

맥락을
파악한다

1
가지를 치고
줄기를 본다

글을 나무에 비유해 보자. 줄기가 있고, 크고 작은 가지가 있으며, 잎이 무성하다. 글쓴이의 핵심 주장은 줄기이고, 이를 둘러싼 가지가 다양하다. 더 이해하기 쉽게 설명하거나 구체적인 예를 들거나 보충하거나 옆길로 빠지는 부분이 대개 가지가 된다. 가지를 쳐 내면 줄기의 모습이 눈에 들어온다.

만약 '읽기'가 싫다면, 분명 눈앞에 나열된 모든 문장과 모든 단어가 똑같은 무게로 다가오기 때문일 것이다. 이런 이들에게는 줄기와 가지가 잘 구별되지 않고 그저 무성한 덤불처럼 보인다. 그렇다면 읽기가 괴로울 수밖에 없다. 글을 읽을 때는 줄기와 가지를 구별해야만 한다.

이를 위해 요약하는 연습부터 해 보자. 요약은 글을 단순히 짧게 만드는 작업이 아니다. 글의 가지를 쳐 내고 줄기만 남기는 일이다.

그러므로 요약하는 연습을 하면 말의 무게를 파악하는 감각을 단련할 수 있고, 반드시 집중하면서 읽어야 할 부분과 그러지 않아도 될 부분을 구별하며 요령 있는 독해를 할 수 있게 된다. 그리고 더 빠르고 정확하게 내용을 알 수 있게 될 것이다. 줄기와 가지를 구별하는 것은 글을 쓸 때도 결정적으로 중요한 기술이다. 이 구별을 무시하고 쓰면 그저 덤불 같은 글이 되고 말 것이다. 요약 연습은 언어력을 단련하는 데 가장 효과적인 방법이다.

연습을 시작하기 전에 주의해야 할 것이 하나 있다. 더 말할 필요도 없겠지만, '말의 무게'란 '무거움'과 '가벼움'으로 정확하게 나누어지지 않는다. 더 무겁다든가 더 가볍다든가 어느 쪽도 아닌 정도의 차이가 있고, 애매한 경우도 있다. 진짜 나무를 봐도 줄기인지 가지인지 헷갈리는 게 있듯이 말이다. 그래서 요약할 때는 길이가 다른 요약문들을 써 보는 게 좋은 연습이 된다. 200자 요약일 때 넣은 부분을 100자 요약일 때는 빼야 할 수 있다. 이는 곧 그 부분이 얼마나 중요한가를 드러낸다.

이때 중요한 것은 어디까지나 말의 무게에 대한 '감각'이다. 이제 몇 가지 방침을 제시할 텐데, 요약할 때 꼭 따라야 하는 규칙이 있지는 않다. 같은 말이라도 문맥에 따라 무게가 달라지기 때문에 글에 따라 판단할 수밖에 없다. 내가 제시하는 방침도 어디까지나 참고하는 정도로만 이용하기를 바란다.

그럼 긴 글 요약에 도전하기 전에 짧은 글에서 줄기를 파악하는 연습을 해 보자. 지금은 연습을 통해 방침을 제시하는 데 목적이 있으니, 너무 깊이 생각하지 말고 느끼는 대로 답하면 된다.

✏️ **예문 10**

① 대다수의 사찰이 입장료를 받지 않지만, ② 국립공원에 있는 절은 입장료를 받는다. ③ 예를 들어, 경주의 불국사나 합천의 해인사가 입장료를 받는다. ④ 하지만 물론 예외도 있어서, 구례의 천은사는 입장료를 받지 않는다.

✒️ **문제 34**

예문 10을 50자 정도로 요약해 보자.

③의 '예를 들어'에 주의하자. ③은 ② '국립공원에 있는 절은 입장료를 받는다'의 구체적인 예다. 중심 화제가 아니라는 뜻이다.

도움말 1   구체적인 예는 대부분 삭제할 수 있다.

그다음 주의해야 할 것은 ④의 '하지만'이다. "국립공원에 있는 절은 입장료를 받는다. 하지만 예외도 있다." 하고 보충 설명을 더해 정확성을 높이고 있다. 어쩌면 읽는 사람의 관심사에 따라 이 사실이 중요한 정보일지도 모른다.

도움말 2 보충 설명은 대부분 삭제할 수 있다.

✎ **문제 34 예시 답안**

대다수의 사찰이 입장료를 받지 않지만, 국립공원에 있는 절은 기본적으로 입장료를 받는다.(49자)

30자 정도로 요약하라고 할 경우, 예문 10의 중심 내용인 ②만 남긴다.

✎ **예문 11**

① 몇 살부터 노인인지 명확한 기준이 없지만, 이는 일단 제쳐 두고 ② 노인들은 말을 너무 장황하게 한다. ③ 한마디로 끝낼 수 있는 말을 계속 반복하거나 옆길로 새서 원래 이야기로 돌아가지 않을 때가 많다. ④ 이렇게 이야기하면 바로 "그러는 당신은?" 하고 핀잔을 들을 것 같다. ⑤ 어쨌든 노인들은 늘어지는 국숫가락처럼 끊을 듯 말 듯 이야기를 길게 한다.

✎ **문제 35**

예문 11을 10자 정도로 요약해 보자.

┌─┬─┬─┬─┬─┬─┬─┬─┬─┬─┬─┐
└─┴─┴─┴─┴─┴─┴─┴─┴─┴─┴─┘

①은 옆길로 샌 이야기다. 요약할 때는 이런 부분을 과감하게 삭제하자. ④도 곁가지로 볼 수 있으니 삭제하는 게 좋다.

도움말 3 옆길로 샌 부분은 삭제한다.

③은 ②를 구체적으로 설명한 문장이라 삭제해도 좋다.

마지막으로 ⑤는 표현을 조금 바꿔 ②를 반복한다. 일반적으로 핵심 주장을 반복해 서술할 때가 있다. 하지만 반복되는 모든 부분을 요약문에 넣을 필요는 없다. 요약에 가장 알맞은 부분 하나를 두거나 반복되는 부분들을 하나로 정리한다.

도움말 4 반복되는 부분들은 요약에 가장 알맞은 것만 두거나 하나로 정리한다.

이에 따라 예문 11을 다음과 같이 요약할 수 있다.

✎ **문제 35 예시 답안**

노인의 말은 길다.(10자)

2

글의 뿌리를
파악한다

✎ **예문 12**

① 지금은 일본에서 '포치'라는 이름의 개가 드물지만, 일본인들은 개 이름이라고 하면 가장 먼저 '포치'를 떠올린다. ② 왜 '포치'라는 이름이 붙었을까? ③ 일설에 따르면, 19세기 후반 메이지 시대에 외국인이 바둑이를 보고 '스포티(spotty)'라고 부른 데서 유래했다. ④ '스포티'가 '포치'로 변형되면서 개의 이름이 된 것이다.

✑ **문제 36**

예문 12를 70자 정도로 요약해 보자.(알파벳은 두 자를 한 칸에 쓴다.)

①과 ②는 도입부다. 도입부는 본론에 들어가기 전에 준비하는 부분이라서 요약할 때는 기본적으로 삭제해도 괜찮다.

도움말 5 도입 부분은 대부분 삭제할 수 있다.

③과 ④에서 핵심 주장을 서술하고 있다. 하지만 ③과 ④를 그대로 쓰면 '스포티(spotty)'라고 부른 데서 유래했다는 말이 갑자기 등장해 무슨 내용인지 이해하기 힘들다. 따라서 ③과 ④를 바탕으로 정리하는 글을 70자 정도로 쓰자.

✐ **문제 36 예시 답안**

메이지 시대에 외국인이 바둑이를 '스포티(spotty)'라고 부른 것이 '포치'로 변형되면서 개의 이름이 되었다는 말이 있다.(67자)

도입 부분은 기본적으로 삭제할 수 있다고 도움말에서 이야기했다. 그런데 요약할 때 매우 중요한 내용이 도입부에 담긴 경우가 있어서 주의해야 한다. 지금까지는 '줄기와 가지'라는 비유를 썼는데, '가지'보다는 '뿌리'라고 할 만한 부분에 주목해야 한다. 나무에 뿌리가 있듯이 글에도 뿌리가 있다. 예문 12에서는 ② "왜 '포치'라는 이름이 붙었을까?"라는 질문이 '뿌리'다. 그리고 이 질문에 대한 답이 핵심 주장, 즉 줄기가 된다.

· 대개 글은 어떤 필요에 따라 쓰인다. 어떤 문제를 내세우고 그것에 답하기 위해 글을 쓸 때도 많다. 예를 들어, "왜 '포치'가 개를 뜻하는 이름이 되었는가?" 또는 "언어력을 연마하려면 어떻게 해야 하는가?" 같은 물음에 답하기 위해 글을 쓴다. 이보다 막연한 '맥주의 역사에 대해 가르쳐 달라'는 요구에 답하려고 쓰는 경우도 있을 것이다. 그래서 글을 요약하기 전에 '이 글이 과연 어떤 물음이나 요구에 답하기 위해 쓰였는가'를 생각해 봐야 한다. 곧 문장의 뿌리를 분명히 파악해야 한다. 뿌리를 파악했다면 무엇이 줄기인지도 분명히 드러날 것이다.

나무뿌리가 땅 밑에 감춰져 있듯이 글의 뿌리도 직접적으로 쓰이지 않을 때가 있다. 그러나 어떤 물음이나 요구에 답하기 위한 글인지가 도입부에 쓰여 있는 경우도 많다. 이런 경우에는 도입부가 무척 중요하다. 우선 도입부에서 글의 뿌리를 분명히 파악하자. 그러면 그 뒤에 나오는 글의 줄기를 쉽게 파악할 수 있다.

3

요약문에서
해설과 근거를 다루는 방법

✏️ **예문 13**

① 남녀의 차이로 보이는 문제 중에는 젠더로 파악해야만 하는 것도 많다. ② 곧 생물학적인 성차가 아니라 사회제도나 관습에서 생겨난 성차다. ③ 예컨대 우리가 일반적으로 남성은 공격적이고 여성은 상냥하다는 식으로 보지만, 여성이 남성보다 공격적이라고 보는 사회도 있다.

핵심 주장을 쉽게 이해하도록 그 주장에 대한 해설을 덧붙이는 경우가 있다. 이해하기 어려운 표현을 쉬운 말로 바꾸거나, 자세히 설명하거나, 구체적인 예를 들기도 한다. 도움말 1에서 구체적인 예는 '삭제할 수 있다'고 했는데, 요약할 때는 기본적으로 이런 해설도 삭제할 수 있다. 요약은 내용의 핵심만을 정리하는 것이기 때문에, 이해를 돕는 기술은 최소한만 써도 된다.

도움말 6 핵심 주장에 대한 해설은 기본적으로 삭제해도 좋다.

✐ **문제 37**

예문 13을 40자 정도로 요약해 보자.

만약 '젠더'란 무엇인가를 해설한 글이라면 ②가 핵심 주장이 될 것이다. 그러나 예문 13에서 핵심 주장은 ①이고, ②는 ①의 해설이다.

남녀의 차이로 보이는 문제 중에는 젠더로 파악해야 하는 것도 많다.(37자)

✍ 예문 14

① 언어력을 연마하려면 어떻게 해야 할까? ② 요약 연습을 반복하는 것이 가장 효과적이다. ③ 글에는 줄기와 가지가 있다. ④ 그런데 언어력이 부족한 사람은 글의 줄기와 가지를 잘 구별하지 못한다. ⑤ 요약이란 가지를 쳐 내고 줄기의 모습을 분명히 드러내는 작업이다. ⑥ 이 작업을 통해 줄기와 가지를 구별하는 감각이 단련된다. ⑦ 그러므로 요약하는 연습을 하면 언어력을 확실히 익힐 수 있다.

핵심 주장을 이해시키려면 왜 그렇게 주장할 수 있는지 근거를 제시해야 한다. 근거는 일단 줄기가 아니라 가지로 볼 수 있고, 매우 중요한 큰 가지다. 그러므로 글 전체를 보며 근거 부분이 어느 정도 중요한지를 판단하고, 이와 동시에 얼마나 긴 요약문을 쓸지를 생각해서 근거 부분의 포함 여부를 결정한다.

도움말 7 핵심 주장의 근거는 글에 따라 판단한다.

우선 예문 14의 핵심 주장과 그 근거 부분을 분명히 파악해 보자.

1) 예문 14의 핵심 주장을 드러내는 문장이 어느 것인가? 번호로 답해 보자.

2) 예문 14에서 핵심 주장의 근거를 제시하는 문장은 어느 것인가? 번호로 답해 보자.

✏️ **문제 39**

예문 14를 30자 정도로 요약해 보자.

예문 14 첫머리에 주의하자. ①"언어력을 연마하려면 어떻게 해야할까?" 이 질문이 이 글의 '뿌리'다. 곧 이 질문에 대한 답이 예문 14의 핵심 주장이다. 따라서 이 글의 핵심 주장은 '언어력을 연마하려면 요약 연습을 하는 것이 좋다'고 서술하는 ②와 ⑦이다.

그리고 요약 연습이 왜 효과적인지를 ③~⑥에서 말한다.

✏️ **문제 38 해답**

1) ②, ⑦   2) ③~⑥

만약 이 글의 뿌리가 되는 질문이 "왜 요약 연습이 언어력을 연마하는 데 효과적인가?"라면 ③~⑥이 핵심 주장이 될 것이다. 핵심 주장이 무엇인가를 판단하려면 글의 뿌리를 파악하는 것이 매우 중요하다. 중요한 내용을 이야기하는 문장이 무조건 핵심 주장이라고 할 수는 없다. 글의 뿌리가 되는 질문이나 요구에 답하는 부분을 핵심 주장으로서 골라야 한다.

그러므로 예문 14에서 ③∼⑥은 쳐 낼 수 있는 가지다. 단, 굵은 가지이므로 요약문의 길이에 따라서는 남길 수도 있다.

✎ **문제 39 예시 답안**

언어력을 연마하는 데는 요약 연습 반복이 가장 효과적이다.(32자)

4
요약 연습: 초급

좀 더 긴 글의 요약을 연습해 보자.

우선 지금까지 이야기한 일곱 가지 도움말을 정리한다.

1) 구체적인 예는 대부분 삭제할 수 있다.

2) 보충 설명은 대부분 삭제할 수 있다.

3) 옆길로 샌 부분은 삭제한다.

4) 반복되는 부분들은 요약에 가장 알맞은 것만 두거나 하나로 정리한다.

5) 도입 부분은 대부분 삭제할 수 있다.

6) 핵심 주장에 대한 해설은 기본적으로 삭제해도 좋다.

7) 핵심 주장의 근거는 글에 따라 판단한다.

긴 글은 한 번 읽고 요약하기가 어렵다. 그래서 요약문을 쓰기 전에 준비가 필요하다. 글에서 없앨 부분과 남길 부분의 후보를 구분한다. 자신만의 방법을 생각해 내도 되는데, 여기서는 없앨 부분에 괄호를 치겠다.

읽기 시작하자마자 이 작업에 돌입하지 않는 것이 중요하다. 옆길과 구체적인 예는 비교적 쉽게 없앨 수 있기 때문에 이런 부분에는 빨리 괄호를 치고 싶어질 것이다. 하지만 언뜻 보기에 옆길 같은 문장이 문맥에 따라서는 핵심 주장과 깊이 관련될 수도 있고, 이런 글에서는 구체적인 예가 중요해지기도 한다. 어쨌든 글을 끝까지 집중해서 읽어야 한다. 전체를 시야에 넣은 다음 다시 처음부터 작업해 나가자.

삭제 작업을 한 번에 끝낼 필요는 없다. 우선 분명히 없애도 되는 부분을 괄호에 넣는다. 없애기가 망설여지면 남겨 둔다.

삭제 작업이 대강 끝나면 남은 부분만 연결해서 읽어 본다. 그러면 없애도 될 부분이 눈에 더 들어올지도 모른다. 이런 식으로 몇 번씩 다시 읽으면서 작업한다. 삭제를 대강 마치면 남은 부분에 밑줄을 긋거나 형광펜으로 표시해 글의 줄기가 될 후보로 둔다.

끝으로, 남은 부분을 이용해 요약문을 쓴다. 이때 필요에 따라 원문을 더 간결하게 고쳐 써 보자.

이른바 '삭제하고 연결하고 고쳐 쓰기' 과정인데, 여기서는 초급편으로 '삭제하고 연결하고'까지만 연습해 보자. 고쳐 쓰기까지 더한 중급 편은 나중에 연습한다.

① 발효를 이용한 식품이 많다. ② 된장, 간장, 치즈, 요구르트, 김치 등을 들 수 있다. ③ 한편 부패한 식품은 먹을 수 없다. ④ 그렇다면 부패와 발효가 어떻게 다를까? ⑤ 사실 부패와 발효를 과학적으로 구별하지는 않는다. ⑥ 부패도 발효도 미생물이 유기물을 분해하는 것을 가리킨다. ⑦ 예컨대 삶은 콩을 그냥 두면 고초균이 생기는데, 미끈거리는 물질과 암모니아 냄새가 나면 부패했다고 본다. ⑧ 한편 삶은 콩에 고초균을 묻혀 청국장을 만들 때는 발효라고 본다. ⑨ 곧 사람에게 유용하면 발효라고 하고, 유용하지 않으면 부패라고 한다.

✎ 문제 40

1) 예문 15를 55자 정도로 요약해 보자.
2) 예문 15를 35자 정도로 요약해 보자.

분량이 다른 두 문제를 제시한 것은 55자 정도 요약문일 때는 남길 수 있지만 35자 정도 요약문일 때는 빼야 하는 부분을 판단하면서 문장의 무게에 대한 감각을 키우자는 뜻이다.

그럼 요약문을 쓰기 전에 삭제할 부분에 괄호를 치고, 요약문에 남길 부분에 밑줄을 긋는 작업을 해 보자.

(① 발효를 이용한 식품이 많다. ② 된장, 간장, 치즈, 요구르트, 김치 등을 들 수 있다. ③ 한편 부패한 식품은 먹을 수 없다. ④ 그렇다면 부패와 발효가 어떻게 다를까?) ⑤ 사실 부패와 발효를 과학적으로 구별하지는 않는다. (⑥ 부패도 발효도 미생물이 유기물을 분해하는 것을 가리킨다. ⑦ 예컨대 삶은 콩을 그냥 두면 고초균이 생기는데, 미끈거리는 물질과 암모니아 냄새가 나면 부패했다고 본다. ⑧ 한편 삶은 콩에 고초균을 묻혀 청국장을 만들 때는 발효라고 본다.) ⑨ 곧 사람에게 유용하면 발효라고 하고, 유용하지 않으면 부패라고 한다.

①~④는 도입부다. 여기에 "부패와 발효가 어떻게 다를까?"라는 물음, 즉 글의 뿌리가 제시되어 있다. 이 도입부를 빼도 요약문을 이해하는 데 어려움이 없을 것 같다.

⑤ '부패와 발효를 과학적으로 구별하지는 않는다'와 ⑥ '부패도 발효도 미생물이 유기물을 분해하는 것을 가리킨다' 가운데 어느 쪽을 빼야 할지 망설일지도 모르겠다. 이 글이 '부패란 무엇인가', '발효란 무엇인가'에 답하기 위한 것이라면 ⑥을 남겨야 한다. 하지만 지금 다루는 질문은 '부패와 발효의 차이가 무엇인가'다. 그렇다면 ⑤를 남겨야 하고, 곁가지인 ⑥은 빼도 괜찮다.

'부패와 발효의 차이가 무엇인가'에 대한 답은 ⑤가 아니라 ⑨ '사람에게 유용하면 발효, 유용하지 않으면 부패'라는 부분이다. 따라서 ⑤는 35자 정도로 요약할 때는 빼고, 55자 정도로 요약할 때는 남긴다.

⑦과 ⑧은 구체적인 예니까 곁가지로 봐도 된다.

그럼 밑줄 그은 부분을 바탕으로 55자 정도 요약문과 35자 정도 요약문을 써 보자.

| | | | | | | | | | | | | | | | | | | | | |

| | | | | | | | | | | | | | | | | | | | | |

| | | | | | | | | | | |

| | | | | | | | | | | | | | | | | | | | | |

✍ **문제 40 예시 답안**

1) 부패와 발효는 과학적으로 구별하지 않아, 사람에게 유용하면 발효이고 유용하지 않으면 부패라고 한다.(55자)

2) 사람에게 유용하면 발효라고 하고 유용하지 않으면 부패라고 한다.(35자)

✎ **예문 16**

① 마음껏 먹을 수 있는 뷔페식당에 가서 본전을 뽑으려고 너무 많이 먹었다가 도리어 몸이 괴로워진 경험이 있을 것이다. ② 우리는 종종 이렇게 본전을 뽑으려고 한다. ③ 하지만 '본전을 뽑는다'는 생각은 합리적이지 않다. ④ 이미 지불한 돈은 돌아오지 않는다. ⑤ 경제학에서 말하는 '매몰비용', 즉 이미 써서 회수할 수 없는 비용이다. ⑥ 그렇다면 식당에 들어간 이상, 돈은 잊고 가장 적절한 행동을 하는 편이 좋다. ⑦ 뷔페를 예로 들면, 음식을 앞에 두고 생각해야 하는 것은 어떻게 본전을 뽑느냐가 아니고 어떻게 즐겁게 식사하느냐. ⑧ 그런데도 여전히 본전을 뽑아야 한다고 생각해서 속이 안 좋을 때까지 먹는다면 이는 어리석은 짓이다. ⑨ 사실 서민으로서는 낸 돈만큼 먹지 못하고 식당을 나오면 아깝다는 생각이 들 것이다. ⑩ 하지만 이것은 식당 선택에 대한 후회고, 식당에 가기 전에 생각해야 할 문제다.

✒️ **문제 41**

1) 예문 16을 80자 정도로 요약해 보자.

2) 예문 16을 20자 정도로 요약해 보자.

| | | | | | | | | | | | | | | | | | | | | | | |

| | | | | | | | | | | | | | | | | | | | | | | |

| | | | | | | | | | | | | | | | | | | | | | | |

| | | | | | | | | | | | | | | | | | | | | | | |

| | | | | | | | | | | | | | | | | | | | | | | |

요약문을 쓰기 전에 준비 삼아 삭제 작업을 해 보자. 앞에서도 말했지만, 우선 글을 끝까지 읽고 전체 흐름을 머릿속에 담은 다음에 삭제 작업을 한다.

✒️ **예문 16 삭제 작업 예시**

(① 마음껏 먹을 수 있는 뷔페식당에 가서 본전을 뽑으려고 너무 많이 먹었다가 도리어 몸이 괴로워진 경험이 있을 것이다. ② 우리는 종종 이렇게 본전을 뽑으려고 한다.) ③ 하지만 '본전을 뽑는다'는 생각은 합리적이지 않다. ④ 이미 지불한 돈은 돌아오지 않는다. (⑤ 경제학에서 말하는 '매몰비용', 즉 이미 써서 회수할 수 없는 비용이다.) ⑥ 그렇다면 식당에 들어간 이상, 돈은 잊고 가장 적절한 행동을 하는 편이 좋다. (⑦ 뷔페를 예로 들면, 음식을 앞

에 두고 생각해야 하는 것은 어떻게 본전을 뽑느냐가 아니고 어떻게 즐겁게 식사하느냐다. ⑧ 그런데도 여전히 본전을 뽑아야 한다고 생각해서 속이 안 좋을 때까지 먹는다면 이는 어리석은 짓이다. ⑨ 사실 서민으로서는 낸 돈만큼 먹지 못하고 식당을 나오면 아깝다는 생각이 들 것이다. ⑩ 하지만 이것은 식당 선택에 대한 후회고, 식당에 가기 전에 생각해야 할 문제다.)

①, ②는 도입부로서 ③에서 말하는 '본전을 뽑는다는 생각'의 구체적인 예가 제시되었다. 요약할 때는 삭제해도 된다.

⑤는 남겨야 하지 않나, 하고 생각할지도 모른다. '매몰비용'이라는 말이 중요한 것 같기도 하다. 하지만 이 문장 자체가 중요한가보다는 이 문장이 글 전체에서 중심적인 구실을 하는가를 판단해야 한다. (우선 글 전체를 읽자!) 만약 이 글이 경제학 용어에 대한 해설로서 "매몰비용이란 무엇인가?"라는 물음을 뿌리로 삼고 있다면 ⑤가 핵심 주장이 될 것이다. 하지만 예문 16의 핵심 주장은 어디까지나 '본전을 뽑겠다는 생각은 불합리하다'는 데 있다. 그러므로 경제학 용어로 뭔가를 말하려는 지식이 여기서는 옆길이다.

④와 ⑥에서도 망설여질 수 있다. 이 두 문장은 핵심 주장인 ③의 근거를 서술하기 때문이다. 도움말 7에서 말한 것처럼 핵심 주장의 근거는 큰 가지다. 이것을 요약문에 남길지는 요약문의 길이에 따라 결정한다.

⑦, ⑧은 ④와 ⑥에서 서술한 뷔페를 예로 든 구체적 설명에 해당

한다.

⑨와 ⑩은 이 합리적인 판단이 서민의 실제 느낌과 다르다는 사실과 이에 대한 글쓴이의 생각으로, 예문 16 전체에서는 보충적인 부분이다. 요약할 때 없애도 되는 곁가지다.

✎ 문제 41 예시 답안

1) 이미 지불한 돈은 돌아오지 않기 때문에, 돈은 잊고 가장 적절한 행동을 하는 편이 좋다. 그러므로 '본전을 뽑는다'는 생각은 합리적이지 않다.(79자)

2) '본전을 뽑는다'는 생각은 합리적이지 않다.(24자)

5

요약 연습: 중급

기초를 마쳤으니 중급으로 나아가서 구조가 좀 더 복잡한 글의 요약을 연습해 보자.

✏️ **예문 17**

① 최근 젊은이들이 '열받는다'는 말을 많이 쓴다. ② 누가 자기 자랑만 늘어놓아서 열받는다. ③ 친구가 냉정해서 열받는다. ④ 이뿐만이 아니다. ⑤ 그들은 보통 화를 낼 때도 '열받는다'고 말한다. ⑥ 같이 일하는 동료가 해야 할 일을 안 한다든가 약속을 안 지켰을 때도 '화난다'고 하지 않고 '열받는다'고 말한다. ⑦ 이는 과연 무엇을 의미할까?

⑧ 화를 내는 것은 상대를 향하며 상대와 대립한다는 뜻이다. ⑨ 한편 '열받는다'는 말은 원래 '화가 나거나 흥분해서 몸이 달아오른다'는 뜻이다. ⑩ 곧 '열받는다'는 말은 자기 자신의 생리적 감각이지, 상대를

향한 태도가 아니다.

⑪ 요즘 젊은이들은 대립을 무엇보다도 꺼리는 친절한 인간관계 속에서 살아간다. ⑫ 상대의 마음을 너무 파고들려고 하지도 않고 아예 모른 척하지도 않는다. ⑬ 이 정도 거리감을 늘 유지하려고 한다. ⑭ 이런 인간관계를 유지하려면 대립을 만드는 화내는 행동은 부적절하다. ⑮ 상대에게 화를 내면 가깝지도 않고 멀지도 않은 미묘한 인간관계를 망치게 된다. ⑯ 그래서 화를 내지 않는다. ⑰ 화를 내는 식으로 외부에 드러낼 수 없는 감정을 자기 내부에 담아 둔다. ⑱ 이렇게 가슴이 메는 불쾌감이 '열받는다'는 말로 표현되는 것이다.

✎ **문제 42**

예문 17을 240자 정도로 요약해 보자.

첫 번째 문단은 우선 '열받는다'는 말에 관한 사실을 서술한다.

①은 최근 젊은이들이 '열받는다'는 말을 자주 쓴다는 것, ⑤는 보통 화를 낼 때도 '열받는다'고 말한다는 사실을 서술한다. 예문 17은 이런 사실을 분석하며 왜 그러는지를 설명한 글이므로 ①과 ⑤는 남긴다.

②와 ③은 ①의 구체적인 예고, ⑥은 ⑤의 구체적인 예니까 삭제한다. ④ "이뿐만이 아니다"는 ⑤에 그 내용이 서술되기 때문에 삭제해도 된다.

①~⑥의 사실을 토대로 ⑦ "이는 과연 무엇을 의미할까?" 하고 묻는다. 이 물음이 글 전체의 뿌리고, 이에 대한 답이 이 글의 핵심 주장이다. ⑦을 남길지 없앨지는 요약문을 쓰는 단계까지 미뤄 두자.

두 번째 문단은 '화난다'와 '열받는다'의 차이를 서술한다.

⑩의 앞부분에 말하고자 하는 바가 더 명확하게 반복되므로 ⑨는 삭제해도 된다. 이 문단에서는 ⑧과 ⑩을 남기자.

세 번째 문단은 앞에서 지적한 '화난다'와 '열받는다'의 차이를 토대로 젊은이들이 왜 화를 내지 않고 열받는다고 말하는가에 대한 답을 서술한다.

우선 ⑪에서 젊은이들의 인간관계를 드러낸다.

⑫, ⑬은 ⑪에 대한 해설이기 때문에 삭제해도 좋다.

⑮, ⑯도 ⑭의 자세한 설명이므로 ⑭를 남기고 ⑮와 ⑯은 삭제하자.

⑰과 ⑱은 화내지 못하는 태도가 열받는다는 식으로 나타나는 이유를 서술한다. 이 글의 결론 부분이니, 둘 다 남기자.

여기까지가 삭제 작업의 첫 단계다.

이제 남은 부분을 다시 살펴보자. 그러면 한 문장 안에서도 삭제할 만한 부분을 찾을 수 있다.

⑧ '화를 내는 것은 상대를 향하며 상대와 대립한다는 뜻이다'는 거의 같은 내용을 잇달아 반복하고 있기 때문에, 더 명확하게 서술하는 뒷부분인 '상대와 대립'만 남겨도 된다. ⑱의 '가슴이 메는 불쾌

감'도 반복이기 때문에 어느 한쪽을 택하면 된다. 이렇게 요약을 마무리하면서 더 간결한 표현을 고민하자.

줄기의 모습이 드러났으니, 이제 앞에서 미뤄 둔 ⑦ "이는 과연 무엇을 의미할까?"에 대해 생각해 보자. 이 물음이 없어도 요약문의 의미가 잘 통할까?

괜찮을 것이다. 단, ⑦을 뺄 때는 이 글 전체가 설명하려는 사실인 ①과 ⑤를 전체의 결론으로 삼아 끝부분에 놓으면 자연스러운 요약문이 될 것이다. ⑦을 남겨도 부적절한 요약문이라고 할 수는 없다. ⑦을 빼고 ①과 ⑤를 맨 앞에 놓아도 마찬가지다. 이런 부분은 어느 정도 자유롭게 생각하면 된다.

✎ 예문 17 삭제 작업 예시

① 최근 젊은이들이 '열받는다'는 말을 많이 쓴다. (② 누가 자기 자랑만 늘어놓아서 열받는다. ③ 친구가 냉정해서 열받는다. ④ 이뿐만이 아니다.) ⑤ 그들은 보통 화를 낼 때도 '열받는다'고 말한다. (⑥같이 일하는 동료가 해야 할 일을 안 한다든가 약속을 안 지켰을 때도 '화난다'고 하지 않고 '열받는다'고 말한다. ⑦ 이는 과연 무엇을 의미할까?)

⑧ 화를 내는 것은 (상대를 향하며) 상대와 대립한다는 뜻이다. (⑨ 한편 '열받는다'는 말은 원래 '화가 나거나 흥분해서 몸이 달아오른다'는 뜻이다.) ⑩ 곧 '열받는다'는 말은 자기 자신의 생리적 감각이지, 상대를 향한 태도가 아니다.

⑪ 요즘 젊은이들은 대립을 무엇보다도 꺼리는 친절한 인간관계 속에서 살아간다. (⑫ 상대의 마음을 너무 파고들려고 하지도 않고 아예 모른 척하지도 않는다. ⑬ 이 정도 거리감을 늘 유지하려고 한다.) ⑭ 이런 인간관계를 유지하려면 대립을 만드는 화내는 행동은 부적절하다. (⑮ 상대에게 화를 내면 가깝지도 않고 멀지도 않은 미묘한 인간관계를 망치게 된다. ⑯ 그래서 화를 내지 않는다.) ⑰ 화를 내는 식으로 외부에 드러낼 수 없는 감정을 자기 내부에 담아 둔다. ⑱ 이렇게 가슴이 메는 불쾌감이 '열받는다'는 말로 표현되는 것이다.

그럼 앞에서 한 작업에 기초해 240자 정도로 요약문을 써 보자.

예시 답안에서는 ①과 ⑤가 글 전체의 결론이 되도록 맨 끝으로 옮겼다. 그리고 결론 부분이라서 그 앞에 '그러므로'라는 접속 표현을 더했다. 요약문도 부자연스러운 글은 좋지 않다. 자연스러운 글인지 꼭 확인하자.

✎ 문제 42 예시 답안

화를 내는 것은 상대와 대립한다는 뜻이다. 한편 '열받는다'는 말은 생리적 감각이지, 상대를 향한 태도가 아니다. 최근 젊은이들은 대립을 무엇보다도 꺼리는 친절한 인간관계 속에서 살아간다. 이런 인간관계를 유지하려면 대립을 만드는 화내는 행동은 부적절하다. 화를 내는 식으로 드러낼 수 없는 감정을 자기 안에 담아 둔다. 이 불쾌감이 열받는다는 말로 표현된다. 그러므로 열받는다는 말을 자주 쓰며 화가 날 때도 열받는다고 말한다.(240자)

　더 어려운 문제에 도전하려는 사람은 더 짧은 요약문을 써 보자. 원문을 그대로 이용하기도 하지만 원문 표현만을 고집하지 말고 필요에 따라 순서를 바꾸거나 더 간결한 표현을 생각하면 좋겠다.

✎ **문제 43**

예문 17을 100자 정도로 요약해 보자.

| | | | | | | | | | | | | | | | | | | | |

| | | | | | | | | | | | | | | | | | | | |

| | | | | | | | | | | | | | | | | | | | |

| | | | | | | | | | | | | | | | | | | | |

| | | | | | | | | | | | | | | | | | | | |

✎ **문제 43 예시 답안**

최근 젊은이들은 대립을 무엇보다도 꺼리며 살아간다. 그래서 화내지 않고 열받는다. 화내면 대립이 생기지만, 열받는다고 말하면 상대와 무관하게 자신의 생리적인 감각을 표현할 뿐이다.(100자)

① 달리기, 2인3각, 줄다리기, 모래주머니 던져 넣기, 큰 공 굴리기, 과자 먹기 달리기 또는 포크댄스. ② 운동회는 정말이지 기묘한 체육 행사다. ③ 다른 나라에도 이런 행사가 있을까? ④ 물론 외국에도 체육대회가 있다. ⑤ 하지만 운동회는 없다. ⑥ 이런 종목을 모은 행사가 학교나 기업이나 지역에서 열리는 나라는 일본뿐이다. ⑦ 그런데 2차세계대전 중에 일본이 점령한 태평양 섬 지역 가운데 이 기묘한 행사를 지금까지 여는 곳이 있다고 한다. ⑧ 이는 결국 일본 문화가 그 지역에 정착했다는 뜻이다. ⑨ 운동회는 일본의 독특한 문화다.

⑩ 왜 일본에서 이런 문화가 생겼을까? ⑪ 운동회는 메이지시대에 시작되었다. ⑫ 최초의 운동회는 1874년(메이지 7년) 도쿄의 해군병학교 기숙사에서 영국인 교관이 지도해 열린 '경투유희회(競鬪遊戱會)'라고 한다. ⑬ '유희 순서'에는 달리기나 높이뛰기 외에 돼지 꼬리 잡고 달리기도 있었다. ⑭ 1878년 삿포로농학교(현재 홋카이도대학)에서 열린 '역예회(力藝會)'라는 운동회에는 2인3각, 장애물 달리기, 과자 먹기 달리기 같은 종목이 있었다.

⑮ 그 무렵에는 '스포츠'의 번역어도 정해지지 않아 '유희', '오락', '역예' 등이 함께 쓰였다. ⑯ 그때까지 일본에 '스포츠'라는 개념이 없었던 것이다. ⑰ '스포츠'는 원래 '플레이(놀이)'와 결합해 있는데, ⑱ 일본인이 이런 본래 뜻으로 '스포츠'를 해석해 ⑲ 놀이 요소를 자유롭게 결합시킨 행사를 만들었다.

㉑ 이윽고 각 지역의 여러 학교가 모여 연합 운동회를 열었다. ㉑ 이 것이 지역 행사가 되어 사찰 경내 같은 데서 열렸다. ㉒ 그 결과, 운동 회가 축제와 결합해 본오도리(음력 7월 15일 밤에 남녀가 모여 함께 추는 춤. ─옮긴이)나 호넨만사쿠오도리(풍년을 감사하고 기원하는 춤. ─옮긴 이)를 추는 데까지 발전했다. ㉓ 현재 운동회에서 포크댄스를 추는 것 이 그 흔적이다. ㉔ 또한 메이지 정부의 탄압으로 집회가 금지된 자유민 권운동이 운동회에 눈을 돌렸다. ㉕ 자유민권운동가들은 집회 대신 '장 사(壯士)운동회'라는 것을 열었다. ㉖ 그리고 '압제봉 쓰러뜨리기', '정권 쟁투 기마전' 등 정치적 주장이 담긴 새로운 종목을 만들었다. ㉗ 기묘 한 종목이 가득한 일본만의 희한한 행사가 이런 식으로 틀을 잡았다.

✎ 문제 44

예문 18을 300자 정도로 요약해 보자.

（上部は原稿用紙のマス目）

우선 글 전체를 읽고 흐름을 대강 파악해 보자.

처음에 운동회가 일본의 독특한 문화라고 지적하고, 왜 이렇게 기묘한 행사가 생겼는가를 묻는다. 그리고 메이지시대에 놀이 요소를 포함한 스포츠 행사가 생긴 뒤 여기에 기묘한 종목이 더해진 사정을 설명한다. 이것이 전체의 흐름이다.

이 흐름을 염두에 두고 순서대로 검토한다.

첫 번째 문단을 살펴보자.

①, ②는 도입부고 ③에서 "다른 나라에도 이런 행사가 있을까?" 하고 묻는다. 그리고 ⑨에서 '운동회는 일본의 독특한 문화'라고 답한다. 첫 번째 문단의 핵심 주장은 ⑨이며 ③의 물음(뿌리)이 없어도 ⑨만으로 내용이 전달된다. 따라서 ③은 빼도 된다. 도입부인 ①과 ②도 뺀다.

④～⑥에서 외국에도 체육대회가 있지만 운동회는 없다면서 운동

회는 일본에만 있다고 서술하는데, 이는 '운동회는 일본의 독특한 문화'라는 ⑨와 취지가 같은 문장이다. 그러므로 요약할 때는 간결한 ⑨를 남기고 ④~⑥은 없애자.

⑦, ⑧에 태평양 섬 지역에도 운동회가 있다는 이야기는 첨가에 해당하니 뺀다.

두 번째 문단으로 넘어가자.

⑩은 두 번째 문단부터 이어지는 부분의 도입부로, "왜 일본에서 이런 문화가 생겼을까?" 하고 새로운 물음을 제시한다. 글은 뿌리 하나만으로 되어 있지 않으며 복잡한 글일수록 이렇게 여러 뿌리, 곧 여러 질문이 있을 수 있다. ⑩의 물음은, 요약문을 쓸 때 삭제 여부를 판단하기로 하고 일단 남겨 둔다.

이 물음에 대해 먼저 ⑪ '운동회는 메이지시대에 시작되었다'고 이야기한다. 이것은 줄기로 남겨 두자. ⑫~⑭는 구체적인 예, 곧 곁가지로서 빼도 된다.

만약 이 글의 뿌리가 "일본에서 시작된 운동회가 처음에는 어떤 행사였을까?"라는 물음이라면 '경투유희회'나 '역예회'의 모습이 핵심 주장이 될 것이다. 그러나 이 글의 뿌리가 되는 물음은 "일본에서 이렇게 기묘한 행사가 왜 시작되었는가?"다. ⑫~⑭는 이에 대한 답이 아니라 '메이지시대에 이렇게 기묘한 행사가 시작되었다'는 문장의 구체적인 예다. 따라서 예문 18을 요약할 때는 없애도 된다.

세 번째 문단을 살펴보자.

여기에는 '왜 이렇게 기묘한 행사를 열게 되었는가'에 대한 답이 있다. ⑮의 내용은 원래 일본에는 '스포츠' 개념이 없었다는 것이며 ⑯에서 반복되기 때문에, ⑯을 남기고 ⑮는 빼도 된다.

⑰～⑲는 '스포츠'를 '놀이'로 해석했다는 사실을 서술한다. 중요한 내용이니까 줄기로 둔다.

네 번째 문단을 살펴보자.

이 문단은 두 가지 내용으로 나뉘어 있다. 앞부분인 ⑳～㉓은 운동회에서 춤을 추게 된 이유, 뒷부분인 ㉔～㉖은 봉 쓰러뜨리기나 기마전 같은 종목이 등장한 이유다. 구체적인 내용이라 빼도 되는 예라고 보는 사람이 있을 것이다. 하지만 여기서 말하는 내용은 운동회에 기

묘한 종목이 등장하게 된 이유고, 이는 '왜 이렇게 기묘한 행사를 열게 되었는가'에 대한 답의 일부다. 따라서 단순히 구체적인 예라고 보고 삭제하면 안 된다.

그리고 양쪽을 합쳐서 마지막 ㉗에 결론이 정리되었다.

이 문단은 더 간결하게 쓸 필요가 있지만, 내용상 핵심 주장이므로 일단 그대로 둔다.

✎ 예문 18 삭제 작업 예시

(① 달리기, 2인3각, 줄다리기, 모래주머니 던져 넣기, 큰 공 굴리기, 과자 먹기 달리기 또는 포크댄스. ② 운동회는 정말이지 기묘한 체육 행사다. ③ 다른 나라에도 이런 행사가 있을까? ④ 물론 외국에도 체육대회가 있다. ⑤ 하지만 운동회는 없다. ⑥ 이런 종목을 모은 행사가 학교나 기업이나 지역에서 열리는 나라는 일본뿐이다. ⑦ 그런데 2차세계대전 중에 일본이 점령한 태평양 섬 지역 가운데 이 기묘한 행사를 지금까지 여는 곳이 있다고 한다. ⑧ 이는 결국 일본 문화가 그 지역에 정착했다는 뜻이다.) ⑨ <u>운동회는 일본의 독특한 문화다.</u>

⑩ <u>왜 일본에서 이런 문화가 생겼을까?</u> ⑪ <u>운동회는 메이지시대에 시작되었다.</u> (⑫ 최초의 운동회는 1874년 도쿄의 해군병학교 기숙사에서 영국인 교관이 지도해 열린 '경투유희회'라고 한다. ⑬ '유희 순서'에는 달리기나 높이뛰기 외에 돼지 꼬리 잡고 달리기도 있었다. ⑭ 1878년 삿포로농학교에서 열린 '역예회'라는 운동회에는 2인3각, 장애물 달리기, 과자 먹기 달리기 같은 종목이 있었다.)

(⑮ 그 무렵에는 '스포츠'의 번역어도 정해지지 않아 '유희', '오락', '역예' 등이 함께 쓰였다.) ⑯ 그때까지 일본에 '스포츠'라는 개념이 없었던 것이다. ⑰ '스포츠'는 원래 '플레이(놀이)'와 결합해 있는데, ⑱ 일본인이 이런 본래 뜻으로 '스포츠'를 해석해 ⑲ 놀이 요소를 자유롭게 결합시킨 행사를 만들었다.

⑳ 이윽고 각 지역의 여러 학교가 모여 연합 운동회를 열었다. ㉑ 이것이 지역 행사가 되어 사찰 경내 같은 데서 열렸다. ㉒ 그 결과, 운동회가 축제와 결합해 본오도리나 호넨만사쿠오도리를 추는 데까지 발전했다. ㉓ 현재 운동회에서 포크댄스를 추는 것이 그 흔적이다. ㉔ 또한 메이지 정부의 탄압으로 집회가 금지된 자유민권운동이 운동회에 눈을 돌렸다. ㉕ 자유민권운동가들은 집회 대신 '장사운동회'라는 것을 열었다. ㉖ 그리고 '압제봉 쓰러뜨리기', '정권 쟁투 기마전' 등 정치적 주장이 담긴 새로운 종목을 만들었다. ㉗ 기묘한 종목이 가득한 일본만의 희한한 행사가 이런 식으로 틀을 잡았다.

밑줄 그은 부분을 연결하기만 해서 글을 써 보자.

운동회는 일본의 독특한 문화다. 왜 일본에서 이런 문화가 생겼을까? 운동회는 메이지시대에 시작되었다. 그때까지 일본에 '스포츠'라는 개념이 없었던 것이다. '스포츠'는 원래 '플레이(놀이)'와 결합해 있는데, 일본인이 이런 본래 뜻으로 '스포츠'를 해석해 놀이 요소를 자유롭게 결합시킨 행사를 만들었다. 이윽고 각 지역의 여러 학교가 모여 연합 운동회를 열었다. 이것이 지역 행사가 되어 사찰 경내 같은 데서 열렸다. 그 결과, 운동회가 축제와 결합해 본오도리나 호넨만사쿠오도리를 추는 데까지 발전했다. 현재 운동회에서 포크댄스를 추는 것이 그 흔적이다. 또한 메이지 정부의 탄압으로 집회가 금지된 자유민권운동이 운동회에 눈을 돌렸다. 자유민권운동가들은 집회 대신 '장사운동회'라는 것을 열었다. 그리고 '압제봉 쓰러뜨리기', '정권 쟁투 기마전' 등 정치적 주장이 담긴 새로운 종목을 만들었다. 기묘한 종목이 가득한 일본만의 희한한 행사가 이런 식으로 틀을 잡았다.(485자)

문제에서 제시한 300자를 목표로 이 글을 더 줄여야 한다.

우선 처음 삭제 작업에서 남겨 둔 "왜 일본에서 이런 문화가 생겼을까?"는 어떨까? 이 물음이 없어도 요약문의 의미가 통할 것 같다. 삭제하자.

'본오도리나 호넨만사쿠오도리를 추게 되었다'는 것은 흥미로운 내용이라서 그대로 두고 싶기도 하지만, 간결하게 '춤을 추게 되었다'고 해도 충분하다. 또 그 뒤에 있는 문장, "현재 운동회에서 포크댄스를 추는 것이 그 흔적이다."는 제한된 글자 수를 맞추기 위해 빼도 좋은 부분이다.

'장사운동회', '압제봉 쓰러뜨리기', '정권 쟁투 기마전'도 재미있는 이름이라 남겨 두고 싶지만 간결한 글을 써야 하기 때문에 삭제한다.(요약문은 글의 재미를 희생할 수밖에 없다.)

300자라는 제한에 맞추려면 좀 더 고민해야 한다. 더 뺄 부분이 없을까? 또 더 간결한 표현으로 바꿔 쓸 수 있는 부분이 없을까?

'메이지 정부의 탄압으로 집회가 금지된 자유민권운동'은 '집회가 금지된 자유민권운동'으로 해도 될 것이다. 또 '기묘한 종목이 가득한 일본만의 희한한 행사'는 '일본만의 희한한 행사'로 해도 될 것이다. 이렇게 한 글자라도 더 줄이려고 노력하면서 글을 쓰는 힘이 단련된다.

이제 남은 부분을 연결해서 요약문을 써 보자. 단순하게 늘어놓기만 하면 글이 부자연스러워진다. 알맞은 표현으로 고치고 보태 자연스러운 글로 마무리해 보자.

✎ **문제 44 예시 답안**

운동회는 일본의 독특한 문화다. 운동회는 메이지시대에 시작했는데, 그때까지 일본에 '스포츠'라는 개념이 없었다. 당시 일본은 '스포츠'를 '플레이(놀이)'와 결합한 본래 의미로 해석해 놀이 요소를 자유롭게 결합시킨 행사를 만들었다. 이윽고 각 지역의 여러 학교가 모여 연합 운동회를 열었다. 이것이 지역 행사가 되어 사찰 경내 같은 데서 열렸다. 그 결과, 운동회가 축제와 결합해 춤도 추게 되었다. 또한 집회가 금지되자 자유민권운동가들이 집회 대신 운동회를 열면서 정치적 주장이

담긴 새로운 종목을 만들었다. 일본만의 희한한 행사가 이런 식으로 틀을 잡았다.(313자)

이 장의 마지막 문제다. 지금 정리한 요약문을 다시 150자 정도로 정리하는 과제에 도전해 보길 바란다. 줄기를 찾아서 연결해야 할 뿐만 아니라 이를 더 간결하게 표현해야 하기 때문에 고쳐 쓸 부분이 많을 것이다. 물론 어느 정도는 원문을 그대로 이용하겠지만, 원문에 너무 집착하지 말고 자신의 말로 더 간결하고 새롭게 쓰겠다는 마음을 가져 보자. 제한된 분량과 싸우면서 표현을 다듬고 바꿔 쓰는 가운데 어떻게 표현해야 좋은가에 대한 감수성이 단련될 것이다.

✏️ **문제 45**

문제 44의 예시 답안을 이용해 예문 18을 150자 정도로 요약해 보자.

다양한 요약문이 나올 수 있을 것이다. 다음의 예시 답안도 그중 하나에 지나지 않는다. 간결하게 표현하려는 노력은 좋은 연습이 되니, '정답'에 너무 얽매이지 말자.

✎ **문제 45 예시 답안**

메이지시대 일본에서 '스포츠'를 '놀이'와 결합한 원래 뜻으로 해석해 운동회를 만들었다. 각 지역 학교들이 합동 운동회를 열었고 축제와 결합한 운동회에서 춤을 추었다. 자유민권운동가들도 운동회를 열어 정치적 주장이 담긴 종목을 새로 만들었다. 일본의 독특한 행사가 이렇게 틀을 잡았다.(159자)

- - - - - - -

6부

주장의
근거를
알아보자

1

반드시
근거를 제시하라

'근거'란 무언가를 주장할 때 그렇게 주장할 수 있는 이유다. 예를 들어 보자.

예 1

① 온천은 몸에 큰 부담을 준다. 그래서 ② 탕에 들어가기 전에 따뜻한 물을 몸에 몇 번 끼얹어 적응해야 한다.

②가 주장하는 부분이고, 왜 이 주장이 옳은지를 ①에서 말한다.

예 1에서 ①은 ②의 주장에 알맞은 근거다. 나중에 살펴보겠지만, 근거로 제시되었으나 부적절한 경우도 있다. 이번에는 좋은 근거와 부적절한 근거를 판단하는 것이 목표다.

기본적인 사항부터 살펴보자. 만약 다음 질문을 받는다면 제대로 답할 수 있을까?

- **어떤 경우든 근거를 제시해야 하나?**
- **왜 근거가 필요한가?**
- **'이유'와 '원인'이 '근거'와 같은가?**

순서대로 살펴보자.

어떤 경우든 근거를 제시해야 하나?

답은 '아니요'다. 모든 주장에 다 근거를 제시해야 하는 것은 아니다. 2부에서 사실과 생각을 구별했다. 근거를 제시해야 하는 경우는 생각을 서술할 때다. 어떤 주장의 올바름이 이미 확정되어서 사실로 인정받았다면 근거를 제시할 필요가 없다. 예를 들어, '이탈리아의 수도는 로마'라고 사실을 서술하면 근거를 제시하지 않아도 된다. 또 '극지방에서는 감기에 걸리는 사람이 드물다'는 주장도 사실 여부가 분명하지 않을 때는 근거를 제시해야 하지만, 사실로 인정받았다면 근거를 제시할 필요가 없다.

근거는 주장을 받치는 기둥 같은 것이라서, 사실로 인정받은 주장은 근거라는 기둥 없이 홀로 설 수 있다.

한편 내 생각을 서술할 때는 왜 그렇게 생각하는지 근거를 제시해야 한다. 2부 '사실인가 생각인가'에서 본 것처럼 '생각'은 다시 '추측'

과 '의견'으로 구별되며 추측이든 의견이든 근거를 제시해야만 한다.

왜 근거가 필요한가?

'내일 시험에 이 부분이 나올 것'이라고 추측했을 때 왜 이렇게 생각하는지 근거를 제시하지 않으면 이것은 단순한 억측, 곧 아무렇게나 한 짐작이다. '이 부분이 해마다 출제된다는 선배의 말'이라든가 '선생님이 이 부분을 강조해서 두 번 가르쳤다'는 등 근거를 제시하고, 그 근거가 적절하다면 추측도 더 큰 설득력을 얻게 된다. 또 '누구라도 한 번쯤은 오로라를 봐야 한다'고 의견을 말할 때 근거를 제시하지 않으면 그냥 독단적인 의견에 지나지 않는다. '오로라는 신의 선물이라고 불릴 만큼 환상적으로 아름답다'는 등 근거를 제시해야 이 의견이 설득력을 얻게 된다.

사실과 달리 추측이나 의견을 서술하는 주장은 상대방이 받아들이지 않을 수도 있다. 그래서 주장의 설득력을 높여야 한다. 그러려면 근거를 밝혀야 한다. 근거를 제시하지 않은 추측은 억측에 지나지 않으며, 근거를 제시하지 않는 의견은 독단일 뿐이다.

- 사실 ·························· 근거를 제시하지 않아도 된다.
- 생각 ┬ 추측 ········ 근거를 제시하지 않으면 억측이다.
       └ 의견 ········ 근거를 제시하지 않으면 독단이다.

✎ __예문 19__

① 곰을 만났을 때는 어떻게 해야 할까? ② 죽은 척하라는 말이 있지만, 이 방법은 좋지 않다. ③ 곰도 자기보다 덩치가 큰 상대와 무리하게 싸우려 들지 않는다. ④ 게다가 곰은 상대의 덩치를 눈높이로 판단한다고 한다. ⑤ 큰 곰도 체고는 1미터 정도밖에 안 되기 때문에 ⑥ 눈높이만 따지면 사람이 뒤지지 않는다. ⑦ 그러므로 누워서 죽은 척하기보다는 선 자세로 마주 보는 편이 낫다.

✐ __문제 46__

예문 19에서 ⑦의 근거가 되는 부분을 모두 찾아보자.

①은 도입부 질문이다. ② 죽은 척하기가 좋지 않다는 것은 ⑦의 앞부분에서 반복된다. 남은 ③~⑥이 ⑦의 근거가 된다.

✐ __문제 46 해답__

③~⑥

좀 더 상세하게 살펴보자. ⑤ 큰 곰도 체고는 1미터 정도밖에 안 된다는 데 주의해야 한다. 이것이 ⑥ '눈높이만 따지면 사람도 뒤지지 않는다'의 근거다. (덧붙이자면, 체고는 짐승이 네발을 바닥에 짚고 있을 때 바닥에서 어깨까지의 길이이다. 두 발로 서면 당연히 몸집이 더 커지지만 일반

191

적인 자세는 아니기 때문에, 네발로 바닥을 짚을 때 눈높이를 말한 듯싶다.)

⑤가 ⑥의 근거고 ⑥과 ③ '곰도 자기보다 덩치가 큰 상대와 무리하게 싸우려 들지 않는다', ④ '게다가 곰은 상대의 덩치를 눈높이로 판단한다고 한다'가 모두 ⑦의 근거다. 이것이 예문 19의 근거를 형성하는 구조다.

그런데 죽은 척하지 않고 곰과 마주 본 다음에는 어떻게 해야 할까? 무슨 내용이든 괜찮으니 조용히 말을 걸어야 한다고 한다. 그러면 익숙하지 않은 대응에 곰이 어리둥절해하다가 흥분을 가라앉히고 외면한 채 간다고 한다. 단, 새끼를 데리고 있는 어미 곰에게는 이런 방법이 안 통할지도 모른다.

✎ **예문 20**

① 일본어에서 '하히후헤호'는 원래 '파피푸페포'로 발음되었다고 본다. ②『마쿠라노소시(枕草子)』 첫머리의 봄(春)도 '하루'가 아니라 '파루'였다. ③ 하지만 녹음이 남아 있지도 않은데 어떻게 이런 사실을 알까? ④ 여기에는 몇 가지 증거가 있다. ⑤ '어머니는 두 번 만나지만 아버지는 한 번도 만나지 않는 것이 무엇인가'라는 무로마치시대의 수수께끼가 있는데, 답이 '입술'이다. ⑥ '어머니'를 발음할 때는 입술이 두 번 맞닿기 때문이다. ⑦ 곧 당시에는 '어머니(하하)'를 '파파'로 발음했다.

⑧ 또 '하히후헤호'를 원래 '파피푸페포'로 발음했다는 가설은 '병아리'나 '빛'의 어원을 설명할 수 있다. ⑨ '병아리(히요코)'는 원래 '피요피

요' 하고 울기 때문에 '피요코', '빛(히카리)'은 '번쩍(피캇)'거리기 때문에 '피카리'라고 했다.

✍️ 문제 47

예문 20에서 '하히후헤호'가 원래 '파피푸페포'로 발음되었다는 가설이 어떤 근거로 뒷받침되고 있는지 설명해 보자.

문제 47을 설명하기 전에 **'가설'**이라는 단어에 대한 이야기부터 하려 한다. 가설의 근거는 특히 **'증거'**라고도 한다. 증거가 되는 사실을 먼저 제시하고, 그 사실이 어떻게 성립하는지 설명하는 주장을 제시한다. 이 주장이 가설이다. 예를 들어, 어떤 사람의 뺨에 주름이 한 줄 생겼다고 해 보자. 이를 증거로 "이 사람이 방금 잠자리에서 일어났기 때문에, 이 주름은 베개 자국이다." 하고 가설을 세운다. 이렇게 어떤 사실을 증거로 삼아 가설을 세우는 유형의 추측을 **'가설 형성'**이라고 부른다.

예문 20을 보자. 여기서는 '하히후헤호'가 원래 '파피푸페포'로 발음되었다는 가설을 세우고, 이에 대한 근거 두 가지를 들고 있다.

첫 번째 근거가 ⑤~⑦이다. ⑤에서 이야기하는 수수께끼는 ⑥ '어머니'를 발음할 때 입술이 두 번 맞닿았다는 증거고, ⑥은 ⑦ '어머니'를 '파파'로 발음했다는 근거다. 그리고 ⑦이 가설을 뒷받침하는 근거가 된다. (한마디 더하고 싶은데, ⑥만으로는 ⑦이 도출되지 않는다. 입술이 맞닿는 발음이라면, '어머니'의 발음이 '마마'였을지도 모른다. 그래서 설득력을 높이기 위해 두 번째 근거를 더한다.)

두 번째 근거는 ⑧과 ⑨에서 제시된다. '병아리'와 '빛'의 어원을 설명할 수 있다는 ⑧이 가설의 설득력을 높인다. ⑨는 ⑧을 자세하게 설명하는 부분이다.

✎ **문제 47 해답**

이 가설에는 두 가지 근거가 제시된다.

첫 번째 근거: '어머니'를 발음할 때 입술이 두 번 맞닿았음을 보여 주는 무로마치시대의 수수께끼는 '어머니(하하)'를 '파파'로 발음했다는 증거다. 그리고 이것이 이 가설의 근거가 된다.

두 번째 근거: 이 가설은 '병아리(히요코)'의 어원이 '피요피요'고 '빛(히카리)'의 어원이 '번쩍(피캇)'이라는 사실을 잘 설명한다. 이 또한 이 가설의 근거가 된다.

'이유'와 '원인'이 '근거'와 같은가?

'이유'와 '원인'은 '근거'와 비슷해 보이는 말이며 종종 애매하게 쓰인다. 하지만 여기서는 이유, 원인, 근거의 뜻을 구별해서 쓰려고 한다. 우선 이유는 원인과 근거를 포함하는 뜻으로 쓴다. '왜?', '어째서?' 같은 물음에 대한 답을 다 '이유'라고 부르자.

이유 중에서 '왜 그 결과가 나왔는가?'에 대한 답이 '원인'이고, '왜 그렇게 주장할 수 있는가?'에 대한 답이 '근거'다. 구체적인 예를 들어 설명해 보자.

예 2

"왜 콧물이 나는가?"

"꽃가루가 날리기 때문이다."

예 3

"왜 오로라를 봐야 하는가?"

"신의 선물이라고 불릴 만큼 환상적으로 아름답기 때문이다."

예 2와 3이 이유를 말하고 있다. 하지만 이유의 유형이 다르다.

원인은 어떤 것의 구조를 설명한다. 예 2는 무엇이 어떻게 되어 콧물이 나는지 구조를 묻고 있으며 '꽃가루가 날리기 때문'이라고 답할 수 있다. 이렇게 어떤 것이 무엇으로 말미암아 일어나는가를 설명하는 이유가 원인이다. 원인과 결과의 관계는 '인과관계'라고 부른다.

이에 비해 예 3은 '오로라를 봐야 한다'는 주장의 설득력을 높이기 위해 '환상적으로 아름답기 때문'이라고 이유를 말한다. 이렇게 어떤 주장의 설득력을 높이려고 말하는 이유가 근거다.

근거를 드러내 추측과 의견에 설득력을 부여하는 작업을 '논증'이라고 한다. '논증'이라고 하면 어렵고 딱딱한 말을 생각하기 쉽지만, "학교 앞 중국집에서 파는 볶음밥이 정말 맛있으니까 너도 꼭 먹어 봐." 같은 일상적인 대화도 근거를 제시한 주장을 이야기하기 때문에 논증이다(설득력이 있는가는 또 다른 문제다).

- **이유: '왜?', '어째서?' 같은 물음에 대한 답**
- **원인: 어떤 것이 무엇으로 말미암아 일어나는가를 설명하는 이유**
- **근거: 어떤 주장의 설득력을 높이려고 제시하는 이유**

✎ **문제 48**

다음 1)~4) 가운데 근거를 답하는 것을 다 골라 보자.

1) "어떻게 바이올린 켜는 걸 알았어?"

　"손가락이랑 턱에 있는 굳은살을 봤거든."

2) 나: "왜 싸웠어?"

　준: "하나가 때렸어."

　하나: "무슨 소리야? 준, 네가 받아쳤잖아."

3) "왜 채소볶음이 질척해졌을까?"

　"채소가 많았어. 게다가 불이 약했잖아. 그러니까 채소에서 수분이 나왔지."

4) "왜 이 방은 안 돼? 원룸치고는 괜찮은 것 같은데."

"햇빛이 잘 안 들거든."

1) 바이올린뿐만 아니라 첼로, 기타 등 현악기를 오래 연주하면 굳은살이 생기는 것을 피할 수 없다. 여기서는 굳은살이 턱에도 있어서 바이올린 연주자로 추측하는 근거가 되었다. 사실 비올라 연주자일 수도 있는데 말이다.

2) 싸움의 원인을 물었는데, 두 사람이 치고받았다는 유치한 사실만 알았다.

3) 채소가 많은 데다 불이 약했던 것이 채소의 수분을 많이 뺐다. 그리고 이것이 질척한 채소볶음이 된 원인이다. 인과관계가 2단계를 이룬다.

4) '이 방은 안 된다'고 주장하는 근거로서 '햇빛이 잘 들지 않는다'고 이야기한다.

✍ **문제 48 예시 답안**

1), 4)

이번에는 비가 내리기를 바라는지, 테루테루보즈(일본에서 처마 밑에 걸어 두면 맑은 날씨를 불러온다는 인형이다. —옮긴이)를 거꾸로 들고 있는 노마와 유리의 대화부터 보자.

　태풍이 오는 것은 운동회를 중지하는 원인이기도 하며 운동회 중지를 추측하는 근거이기도 하다. 이렇게 원인과 근거를 동시에 서술하는 경우도 있다.

　원인과 근거의 차이를 다시 생각해 보자. 원인은 결과를 낳은 어떤 것의 구조를 설명한다. 이에 비해 근거는 어떤 주장의 설득력을 높이기 위해 서술한다.

　다음과 같은 질문을 보면 이 차이를 더 분명히 깨닫게 될 것이다.

예 4

"왜 운동회를 중단할까?"

예 5

"너는 왜 운동회를 중단한다고 생각해?"

어느 질문이든 '태풍이 오기 때문에'라고 답할 수 있다. 태풍이 오는 것이 예 4에서는 운동회를 중단하는 원인이고, 예 5에서는 운동회를 중단할 거라고 생각하는 근거다. 그렇다면 "태풍이 온다. 그러므로 내일 운동회는 반드시 중단된다."는 예 4의 유형일까, 예 5의 유형일까? 두 유형이 겹쳐 있다고 해야 할 것이다. 인과관계를 드러내면서도 자기 생각에 설득력을 부여하려는 시도는 드물지 않다. 다음예를 살펴보자.

예 6

조커가 배트맨을 무척 미워했다. 그러므로 배트맨을 살해한 사람은 분명 조커다.

조커가 배트맨을 미워했다는 사실은 살해의 원인이 될 수 있다. 이와 동시에 '조커가 범인'이라는 주장에 설득력을 더하는, 살해의 동기다. 이 경우에도 원인과 근거가 동시에 제시된다.

그러므로 원인이 제시되었다고 해서 근거가 아니라고 생각하는 것은 틀릴 수 있는 지레짐작이다. 어떤 이유가 근거가 되는가는 '왜 그렇게 생각하는가?', '왜 그렇게 주장할 수 있는가?'라는 물음에 대한 답인가를 살펴서 판단해야 한다.

또한 여기서는 '근거'와 헷갈릴 수 있는 '원인'만을 예로 들었지만, 이유로 거론할 만한 것은 근거나 원인 외에도 다양하다. 예를 하나 들어 보자.

예 7

"왜 할머니 입은 그렇게 커요?" "너를 잡아먹기 위해서란다."

이 대답은 근거도, 원인도 아니며 목적을 나타낸다.

2
말이 안 되는 근거,
허약한 근거

여기서는 말이 안 되는 근거나 허약한 근거를 간파하는 데 필요한 기본을 익혀 보자.

잘못된 근거

근거가 잘못됐다면, 근거가 될 수 없다.

예 8

오리너구리는 오리목 오리과 오리너구리속으로서 새이므로 알을 낳는다.

오리너구리는 분명 알을 낳는다. 하지만 제시된 근거는 엉터리다. 오리너구리는 단공목 오리너구릿과 오리너구리속으로서 포유류다.

겉으로 드러나지 않는 숨은 전제가 잘못된 경우도 있다. 이 경우도 근거가 안 된다.

예 9

손톱에 가로로 움푹 팬 자국이 생겼네. 그러니까 칼슘을 더 먹어야겠어.

여기에는 '손톱에 가로로 움푹 팬 자국이 생긴 것은 칼슘 부족이 원인'이라는 숨은 전제가 있는 것으로 보인다. 하지만 손톱은 피부가 변형된 것이라서 주성분은 칼슘이 아니라 단백질이다. 그러므로 손톱에 움푹 팬 자국이 생겼다는 것은 칼슘을 더 먹어야 한다는 주장의 근거가 될 수 없다.

순환논법(논점절취)

어떤 주장 A의 근거에 이미 그 주장 A가 포함된 경우, 이는 결국 "A니까 A다." 하고 말할 뿐이다. 이런 논증을 '순환논법' 또는 '논점절취'라고 부른다. 순환논법(논점절취)이 일단 근거를 제시하는 형식을 갖추지만 실질적으로는 근거가 없다.

✏ 문제 49

다음 대화에서 셰익스피어의 대답이 왜 이상한지 생각해 보자.

셰익스피어: 훌륭한 예술 작품을 감상해야 하네.

소세키: 왜?

셰익스피어: 그렇게 하지 않으면 예술 작품을 보는 눈이 길러지지 않으니까.

소세키: 왜 예술 작품 보는 눈을 길러야 하지?

셰익스피어: 예술 작품을 보는 눈이 없으면 예술 작품을 감상할 수 없으니까.

소세키: 감상하지 못한다고 해서 무슨 큰일이라도 나나?

셰익스피어: 자네는 정말이지 런던에서 뭘 배우고 왔나? 우리는 훌륭한 예술 작품을 감상해야 하네.

셰익스피어가 마지막 말에서 본색을 드러내지만, 처음에 '그렇게 하지 않으면 예술 작품을 감상하는 눈이 길러지지 않는다'고 근거를 말할 때 이미 그의 답은 파탄에 이르렀다.

그는 '훌륭한 예술 작품을 감상해야 한다'고 주장한다. 그리고 이 주장의 근거로서 '예술 작품을 감상하는 눈을 기르기 위해서'라고 말한다. 하지만 훌륭한 예술 작품을 감상할 필요가 없다면 예술 작품을 감상하는 눈을 기를 필요도 없다. 그러므로 '예술 작품을 감상하는 눈을 기르기 위해서'라는 이유는 이미 '훌륭한 예술 작품을 감상해야 한다'는 생각을 전제로 삼고 있다.

✎ **문제 49 예시 답안**

'훌륭한 예술 작품을 감상해야 한다'는 주장의 근거를 파고들면 결국 '훌륭한 예술 작품을 감상해야 하기 때문에'라는 주장이 되어, 같은 주장을 반복하기만 할 뿐이다.

강력한 근거와 허약한 근거

지금까지 살펴본 '잘못된 근거'와 '순환논법(논점절취)'은 애초에 근거가 될 수 없는 경우다. 하지만 근거가 되는 경우에도 강력한 근거부터 허약한 근거에 이르기까지 '강약'이 존재한다. 우선 강력한 근거의 예를 보자.

예 10

아까 유진을 언뜻 봤는데 검은색 양복을 입고 검은색 넥타이를 매고 있었어. 그러니까 장례식에 가는 길이거나 장례식에서 돌아오는 길일 거야.

엄밀히 말하자면, 검은 양복에 검은 넥타이 차림이라고 해서 꼭 장례식에 참석한다고 볼 수는 없다. 그저 마음대로 입었는지도 모른다. 그래서 예 10에 제시된 것은 완벽한 근거가 아니다. 하지만 일상생활에서 검은색 양복을 입고 검은색 넥타이를 매는 경우가 드물기 때문에 이런 차림이라면 장례식 참석이라는 주장을 뒷받침하기에 충분히 강력한 근거라고 할 수 있다. '강력한 근거'란 절대적으로 확실하지는 않아도 충분히 신뢰할 만한 근거다.

한편 너무 허약해서 쓸 수 없는 근거도 있다. 문제를 보자.

✍ **문제 50**

다음 논증에서 제시되는 근거가 왜 근거가 못 되는지 생각해 보자.

1) 남자잖아. 그럼 한번 결정한 일은 끝까지 해야지.

2) 나나에게 좀비 영화를 보러 가자고 했는데 거절당했어. 나나는 영화를 싫어하나 봐.

3) 대학교수들은 괴짜야. 왜냐하면 우리 작은아버지가 교수인데, 정말

이상한 사람이거든.

어떤 근거가 '허약한 근거'인 것은, **근거와 결론 사이의 연결이 약하기 때문**이다. 'A 그러므로 B'라고 했을 때 근거 A를 인정해도 B는 아니라고 생각할 여지가 크다면, 근거 A는 결론인 B라는 주장을 뒷받침하는 힘이 약한 것이다. 또는 주장 B가 옳다고 해도 그것이 A 때문이 아닌 경우 역시 A와 B의 결합이 약하다. 문제 50의 예를 통해 이에 대해 구체적으로 살펴보자.

1) 애초에 '한번 결정한 일은 끝까지 해야 한다'는 주장의 타당성도 의심스럽지만, 이 결론이 타당하다고 해도 남자라는 사실과는 아무 관계가 없다.

2) '좀비 영화를 보러 가자고 했는데 거절했다'는 것을 증거로 '영화를 싫어한다'고 추측한다. 이는 어떤 사실을 설명하기 위해 가설을 세우는 식의 추측이며 '가설 형성'이다. 가설 형성의 경우, 그 사실을 설명하는 가설로서 더 타당한 것이 없는가를 살펴야 한다. 이 예에서는 나나가 좀비 영화를 보러 가지 않겠다는 이유로서 '영화를 싫어한다'는 가설보다는 '영화를 싫어하지 않지만 좀비 영화는 싫어한다'는 한층 더 가능성 있는 가설 또는 '영화를 보러 가자고 한 사람을 좋아하지 않는다'는 슬픈 가설이 더 설득력 있다.

3) 이렇게 개별 사례를 바탕으로 일반적인 판단을 이끌어 내는 논

증을 '일반화' 또는 '귀납'이라고 부른다. 일반화(귀납)할 때는 어느 한쪽에 치우치지 않고 충분히 많은 개별 사례를 근거로 삼아야 한다. 어떤 경우가 '어느 한쪽에 치우치지 않고 충분히 많은 사례'인가는 통계학적으로도 충분히 검토해야 한다. 3)과 같은 단 한 사례(작은아버지)가 일반화의 근거라기에는 너무 약하다.

✎ **문제 50 해답**

1) 근거로 제시된 '남자'라는 사실과 '한번 결정한 일은 끝까지 해야 한다'는 결론 사이의 연결이 약하다.

2) '좀비 영화를 싫어한다'보다 '영화를 보러 가자고 한 사람을 싫어한 다'는 가설 쪽이 더 그럴듯하기 때문에 근거가 약하다.

3) 자신의 작은아버지라는 단 한 사례를 모든 대학교수가 그렇다고 일 반화하는 데 쓰기에는 근거가 너무 약하다.

근거를 뒷받침할 근거를 찾는다

주장에 설득력을 부여하기 위해 근거를 제시한다. 하지만 제시한 근거에 충분한 설득력이 없는 경우가 있다. 이런 경우에는 제시한 근 거에 대해서도 '그렇게 이야기할 수 있는 이유가 무엇인가?' 하고 또 다른 근거(근거의 근거)를 찾아야만 한다.

예 11

네 번째 경주는 조작하기로 되어 있다. 그러므로 검은별이 이길 것이다.

경마 이야기다. 이 논증으로 수긍할 수 있다면 근거가 더는 필요 없다. 하지만 경주를 조작하기로 했다는 주장을 아직 믿을 수 없다면, '어떻게 조작한다는 것을 알았는가'에 대한 근거가 제시되어야 한다. 근거 제시는 상대가 수긍할 때까지 계속될 수 있다. 예를 들어, 증거가 되는 대화를 녹음해 들려주면 역시 조작한 경기라고 수긍할지도 모른다.

또한 겉으로 드러나는 근거뿐만 아니라 숨어 있는 전제에 대해서도 근거를 제시해야 할 때가 있다. 다음 논증을 살펴보자.

예 12

오로라는 신의 선물로 불릴 만큼 환상적으로 아름답다. 그러므로 누구나 오로라를 봐야 한다.

여기에는 '아름다움의 기준이 같다'는 숨은 전제가 있다. 상대가 이 전제에 수긍한다면 근거가 되지만, 상대가 수긍하지 않을 경우 이 전제는 독단에 지나지 않는다. '누군가가 극찬하는 아름다움은 꼭 봐야 하나?' 하고 다시 그 근거를 의심해 봐야 한다.

✍ **문제 51**

다음 논증 1)~6)에서 근거가 약하거나 애초에 근거가 되지 않는 것을
다 고르고 왜 그 근거를 쓸 수 없는지 설명해 보자.

1) 민주주의는 반드시 지켜야만 한다. 왜냐하면 민주주의를 부정할 경
   우 어떤 형태로든 독재가 되며 국민주권이 존재할 수 없게 되기 때
   문이다.

2) 경찰은 현금카드 비밀번호를 묻지 않는다. 그러므로 경찰이라면서
   비밀번호를 묻는 사람은 진짜 경찰이 아니라 사기꾼이다.

3) 나는 동아리 활동을 하지 않는다. 내 친구 다섯 명에게도 물어보았
   는데 아무도 동아리 활동을 하지 않는다. 우리는 모두 대학생이다.
   이렇게 보면 요즘 대학생은 동아리 활동을 안 하는 것 같다.

4) 복어의 간에 있는 독은 테트로도톡신이다. 이 독은 섭씨 100도로
   가열하면 분해된다. 그러므로 날것을 먹으면 안 되지만 익혀 먹으
   면 안전하다.

5) 엄마, 큰일 났어요. 소피아가 아무래도 철학자가 되고 싶은가 봐요.
   그 애가 칸트인가 뭔가 하는 걸 읽고 있어요.

6) 너는 항상 인연의 소중함을 이야기했잖아. 그러니까 나랑 연애해도
   되지?

지금까지 이야기한 요점을 정리해 보자.

- 근거가 틀리지는 않았는가?

- 순환논법(논점절취)에 빠지지 않았는가?

- 근거와 결론 사이의 연결이 너무 약하지는 않은가?

- 가설 형성 단계에서 더 적절한 다른 가설을 무시하지 않았는가?

- 소수의 사례, 치우친 사례에서 일반화(귀납)하지 않았는가?

그럼 순서대로 검토해 보자.

1) '민주주의는 반드시 지켜야만 한다'는 주장의 근거로서 '국민주권이 존재할 수 없게 되기 때문'이라고 서술한다. '민주주의'의 정의가 반드시 명백한 것은 아니다. 하지만 국민이야말로 권력을 갖는다는 이념이 민주주의의 개념에 포함된 것은 분명하다. 국민주권을 부정한다면 민주주의를 부정한다는 뜻이다. 결국 이 문제는 '민주주의를 성립하게 하려면 민주주의를 지켜야 한다'고 이야기하는 것과 마찬가지다.

2)는 충분히 설득력 있는 논증이다. 경찰은 현금카드 비밀번호를 묻지 않는다. 그러므로 비밀번호를 묻는 사람은 경찰이 아니다. 그렇다면 사기라고 생각할 수 있다. 물론 사기가 아닐 가능성도 있다. 하지만 실제로 충분히 강력한 근거라고 할 수 있다.

3) 요즘 대학생이 옛날 대학생만큼 동아리 활동을 하지 않는다는 것은 사실일 수 있다. 하지만 친구 다섯 명에게 물어보았다는 조사방법에 하자가 있다. 양적으로 부족할 뿐만이 아니라, 질문에도 문제

가 있다. 바로 유유상종이다. 조사 대상인 대학생을 공정하게 무작위로 선택했어야 한다.

4)는 근거가 틀렸다. 복어 간에 테트로도톡신이라는 독이 있다는 것은 사실이다. 하지만 테트로도톡신은 섭씨 100도로 가열해도 분해되지 않는다. 잘못 알면 큰일이라서 강조하는데, **복어 간은 삶든 굽든 절대로 먹어서는 안 된다.**

5) 웃음이 나는 사례지만, 일단 이것도 가설 형성이다. '칸트를 읽고 있다'는 사실로부터 '철학자가 되고 싶은가 보다' 하고 가설을 세운다. 철학자가 되고 싶어 한다면 왜 칸트를 읽는지가 자연스럽게 설명될 것이다. (하지만 칸트를 읽지 않는 철학자도 있다.) 가설 형성의 경우, 문제가 되는 사실을 설명하는 가설로서 더 타당한 것이 없는가를 생각해야만 한다. 이 문제에서는 소피아가 칸트를 읽는 이유로 '수업에서 읽으라고 했다'든가 '교양으로 읽을 뿐, 철학자가 될 생각은 없다' 등이 더 그럴듯한 가설일 것이다. 가족들이 당황할 필요가 없다.

6) '인연의 소중함'과 연애 여부는 사실상 아무런 관계가 없다. 만약 인연을 소중하게 여겨서 바로 연애한다면, 끈끈한 인연을 맺고 있는 축구 팀은 모든 선수가 연인 관계일 것이다. 이런 관계는 딱히 상상하고 싶지도 않다.

✎ **문제 51 해답**

1) 국민주권을 잃는다는 것은 민주주의가 성립할 수 없게 된다는 뜻

이다. 그러므로 이는 순환논법(논점절취)이며 근거로서 성립하지 않는다.

3) 물어본 친구 다섯 명이 다 대학생이라는 사실에서 일반화하고 있으나 너무 적은 수인 데다 치우친 사례다. 다른 대학생 집단에는 동아리 활동을 하는 학생들이 있을 수 있다.

4) 테트로도톡신은 섭씨 100도로 가열하면 분해된다는 근거가 잘못되었다. 그러므로 근거가 되지 않는다.

5) 칸트를 읽는 사실을 설명하기에 그럴듯한 가설로 '수업에서 읽으라고 했다'든가 '교양으로 읽을 뿐, 철학자가 될 생각은 없다' 등을 생각할 수 있다. '철학자가 되고 싶어 하는 듯하다'는 가설 형성은 근거가 너무 약하다.

6) 근거로 들고 있는 '인연의 소중함'과 '연애해도 된다'는 결론은 사실상 관계가 없다.

내 생각을
수긍하지 않는
사람이 있어…

그 사람이
수긍해 주면
좋겠어.

그렇다면 억측이나
독단으로는 당연히
설득이 안 되겠지.

정말로 동의해 주기를
바란다면 반드시
근거를 제시해야 해!

7부

적확하게
질문한다

1

질문 연습이
필요하다

이 장의 첫째 목표는 질문의 중요성과 질문하기가 꽤 어렵다는 사실을 깨닫는 것이다.

실제로 질문을 떠올리는 문제부터 살펴보자. 다음 글을 읽고 이와 관련된 질문을 생각해 보는 것이다. 일단 열 가지 질문 생각하기를 목표로 삼자. 어떤 질문이든 괜찮다. 어이없는 질문이든 답을 아는 질문이든 신경 쓰지 말고 떠오르는 대로 질문해 보자. 질문을 생각해 내는 기본 능력이 있는가를 알아보려는 것이다.

✎ **예문 21**

고대 올림픽은 경쟁에 대한 그리스인의 뜨거운 마음이 탄생시킨 제전이다. 역설적이지만, 경쟁에 대한 집착은 자유인들의 대등한 사회관계라는 전제가 있어야만 설명된다. 올림픽에 참가한다는 것, 참가할 수 있다는 것은 무엇보다 자유인이라는 증거였다.

✍️ 문제 52

예문 21에 대한 질문을 열 개 이상 생각해 보자.

어땠는가? 열 가지 질문이 쉽게 떠올랐는가? 질문이 거의 떠오르지 않는 사람은 안타깝지만 질문하는 능력이 초급이다. 다음에 예시 질문 26개가 있다. (열 개만 생각한 사람은 가능하다면 좀 더 많이 생각해 보길 바란다.) 우선 질문을 많이 떠올리는 것 자체가 중요하다. 자신이 초급이라고 생각하는 사람은 좋은 질문인가, 나쁜 질문인가를 생각하지 말고 일단 질문을 많이 떠올리는 연습을 하면 좋겠다.

질문하는 힘의 기초는 호기심과 순수함이다. 다양한 것에 관심을 갖고 뭐든 생각나는 대로 순수하게 질문한다. '언제?' '어디서?' '누가?' '무엇을?' '왜?' '어떻게?' '무슨 뜻인가?' '어떻게 알 수 있나?' 이런 질문이 계속 솟구치며 활성화된 상태를 만들어야 한다.

어린 시절에는 누구나 호기심과 순수함이 있었을 것이다. 그러다가 나이를 먹으면서 어린아이의 질문에 지겹다는 표정을 짓는 어른에 자신을 맞추다 보니 질문하는 힘이 약해졌는지도 모른다. 그리고 지금은 질문에 지겹다는 표정을 짓는 어른이 되었는지도 모른다. 그렇다면 질문하는 힘을 획득하는 첫걸음은 어린아이로 돌아가는 것이다.

✎ **문제 52 예시 답안**

1) 고대 올림픽이란 무엇인가?

2) 고대 올림픽은 어느 시대에 있었던 일인가?

3) 고대 올림픽에는 그리스인만 참가했는가?

4) 경기 참여자는 몇 명 정도였는가?

5) 고대 올림픽에 관객은 몇 명이나 왔는가?

6) 누구나 고대 올림픽을 관람할 수 있었는가?

7) 고대 올림픽은 돈을 내고 봐야 했는가?

8) 그리스 말고도 이런 제전을 치른 곳이 있는가?

9) 고대 올림픽에는 어떤 종목이 있었는가?

10) 고대 올림픽은 며칠 동안 열렸는가?

11) 고대 올림픽에 그리스 전체가 열광했는가?

12) 고대 올림픽에만 있는 일화는 없는가?

13) 경기에 참가하는 사람들은 보통 어떻게 생활했는가? 전문적인 선수가 있었는가?

14) 고대 올림픽과 현대 올림픽의 공통점과 차이점은 무엇인가?

15) '고대 올림픽은 경쟁에 대한 그리스인들의 뜨거운 마음이 탄생시킨 제전'이라고 했는데, 이렇게 생각한 근거는 무엇인가?

16) 고대 올림픽에는 누구나 참가할 수 있었는가? 참가 자격이 따로 있었는가?

17) 고대 올림픽에서 우승하면 무엇을 받았는가?

18) 고대 올림픽 우승은 어느 정도로 명예로운 일이었는가?

19) '경쟁에 대한 집착'이란 구체적으로 무엇을 가리키는가?

20) '자유인'이란 무엇인가? 거꾸로 '자유인'이 아니라는 것은 무슨 의미인가?

21) '역설적이지만, 경쟁에 대한 집착은 자유인들의 대등한 사회관계라는 전제가 있어야만 설명된다'는 것을 어떻게 설명할 수 있는가? 또 이것이 왜 '역설적'인가?

22) 왜 올림픽에 참가한다는 것이 자유인이라는 증거였나?

23) '대등한 사회관계'라고 했는데, 그렇다면 고대 그리스에서 '대등하지 않은 사회관계'란 어떤 것인가?

24) 대등한 관계를 중시했다는데 경기에서 우열을 가린 것은 모순이 아닌가?

25) 연극, 변론, 음악 같은 분야에서도 경쟁했는가?

26) 자유인으로서 다른 분야가 아닌 스포츠에서 경쟁하는 것에 특별한 의의가 있었는가? 있었다면, 그 이유는 무엇인가?

글을 수동적으로 읽으면 질문이 떠오르지 않는다. 글을 읽으면서 자신을 활성화해야 한다. 상상력과 논리력을 총동원해서 활기찬 머리로 글과 마주하자. 그러면 여기저기에서 묻고 싶은 것들이 분명히 생긴다. 이와 반대로, 질문을 생각함으로써 읽는 사람이 능동적으로 되고 활성화된다. 여기에 질문하는 연습을 해야 하는 첫 번째 포인트가 있다. 질문하는 연습을 함으로써 글을 읽을 때 (또는 이야기를 들을 때) 상상력과 논리력을 연마할 수 있다.

질문 연습의 중요성과 관련해 『한 가지만 바꾸기(Make Just One Change)』(댄 로스스타인, 루스 산타나)라는 책을 소개하고 싶다. 새로운 수업 방법을 구체적으로 제안하는 이 책에서 바꿔야 한다는 '단 한 가지'란 '질문할 줄 아는 학생을 키우는 것'이다. 지금까지는 교사가 질문하고 학생이 답했다. 이렇게 하면 당연히 학생들이 '답을 찾는 힘'을 키울 것이다. 하지만 '질문하는 힘'은 연마되지 않는다. 나는 이 책을 읽으면서 지금까지 교육자로서 내 모습이 완전히 뒤집히는 듯한 느낌이 들었다. 많은 교사들이 수업에서 학생들에게 좋은 질문을 하려고 노력한다. 하지만 교사가 질문하는 한 학생들의 질문 능력은 길 러지지 않는다.

우리는 학교에서 질문하는 기술을 배우지 못했다. 기존 학교교육 의 단점이다. 따라서 질문하는 연습을 새롭게 시작해야 한다.

2

정보를 구하는 질문,
의미를 구하는 질문,
논증하는 질문

    글을 계속 노려본들 질문이 떠오르지는 않는다. 질문을 만들기 위해 머리를 활성화하는 포인트를 몇 가지 생각해 보자. 우선 질문을 '정보를 구하는 질문', '의미를 구하는 질문', '논증하는 질문' 등 세 가지로 나눌 수 있다.

정보를 구하는 질문

    상대방의 말을 듣고 '더 알고 싶은 게 있다'는 생각이 들면 그것에 대해 물어본다. 이렇게 더 많은 정보를 끌어내기 위한 질문을 '정보를 구하는 질문'이라고 하자. 정보를 구하는 질문은 '더 자세하게 알기 위한' 것과 '관련된 화제를 더 많이 알기 위한' 것이 있다.

    예문 21에 관해서는 '고대 올림픽은 어느 시대에 있었던 일인가?'라는 질문이 더 자세하게 알기 위해 정보를 구하는 경우다. 또 '고대

올림픽에는 어떤 종목이 있었는가?'와 같이 구체적인 예를 묻는 것
도 좋다.

직접적으로 쓰여 있는 내용에 관한 것은 아니지만 관련된 화제를
넓혀 나가는 질문도 있다. '그리스 말고도 이런 제전을 치른 곳이 있
는가?', '연극, 변론, 음악 같은 분야에서도 경쟁했는가?' 등이 그런
예다.

의미를 구하는 질문

상대의 말을 듣고 의미를 잘 알 수 없을 때 질문한다. 이런 질문을
'의미를 구하는 질문'이라고 하자. 상대가 잘 모르는 말을 쓰면 무슨
뜻인지 물어본다. 내 어휘가 부족해서 모를 때도 있지만 그렇지 않
을 때도 있다. 1부 '입장 바꿔 생각해 본다'를 통해 살펴본 것처럼 쓰
는 사람, 말하는 사람이 읽는 사람이나 듣는 사람의 상황을 생각하지
않기 때문에 전문용어나 특정 업계에서 통하는 말, 어려운 말을 쓰는
경우도 많다. 이럴 때는 기죽지 말고 가슴을 (펴지 않아도 좋지만) 펴고
'무슨 뜻인가'를 물어보자.

의미를 구하는 질문에는 단순히 모르는 말을 묻는 소박한 질문뿐
만 아니라 더 깊이 들어가려고 하는 질문도 있다. 상대의 말이 애매
하면 의미를 더 명확히 알기 위해 질문한다. 예를 들어, 누가 이렇게
말했다고 해 보자.

예 1

우리는 타자와 더불어 살아간다.

모르는 말은 없다. 하지만 애매하다. '타자와 더불어 살아간다'는
게 어떤 뜻일까? 설명이 필요하다. 이런 경우, 구체적인 설명을 요청
하는 게 효과적이다. '타자와 더불어 살아간다', 구체적으로 어떤 뜻
일까? 함께 생활한다는 뜻일까? 함께 일하는 것을 가리킬까? 이때
'누군가 기른 채소를 먹어도 타자와 더불어 살아가는 것'이라는 답을
듣는다면 그만큼 이해가 깊어질 것이다.

논증하는 질문

상대의 말을 이해하는 것과 수긍하는 것은 다른 문제다. 이해할 수
없다면 수긍하지도 못하겠지만, 이해했다고 해서 수긍할 수 있는 것
은 아니다.

예를 들어, 다음과 같은 의견을 들었다고 해 보자.

예 2

공원에 쓰레기통을 설치하면 안 된다.

이 의견에 수긍할 수 없다면 근거를 요구해야 한다. 듣는 사람이
수긍하지 않을 수도 있는 의견을 근거 없이 이야기하는 것은 독단이

다. 독단에 대해서는 '왜 그렇게 생각하는가'를 묻자. 이 물음에 대해 '쓰레기통이 없어야 공원에서 쓰레기가 줄어든다'는 근거를 제시했다고 해 보자. 그리고 이 답을 들은 사람이 여전히 수긍할 수 없다. 그럼 '왜 쓰레기통이 없어야 공원에서 쓰레기가 줄어드는가'를 물으며 다시 근거를 요구해야 한다. 이런 대화가 수긍할 수 있을 때까지 이어진다. 그리고 끝내 수긍할 수 없다면 질문 대신 반론을 제시해야 한다.

근거를 제시했어도 그 근거가 약해서 논증이 비약하는 경우도 있다. 이때는 근거를 보강해야 한다. 셜록 홈스가 왓슨과 처음 만난 때를 예로 들어 보자.

예 3

이 남자는 외모를 보았을 때 군의관이다. 햇볕에 탔고 얼굴이 초췌하다. 그리고 왼팔을 다쳤다. 분명 아프가니스탄에 있었을 것이다.

이런 홈스의 추리에 수긍할 수 없다면(일반적으로 수긍하지 못할 것이다.) 논증이 비약한 부분을 메우기 위해 설명을 더해 달라고 해야 한다.(홈스가 이해력이 달리는 당신을 측은해하는 눈으로 바라볼지도 모르지만 말이다.)

6부에 있던 예도 하나 들어 보자. "너는 항상 인연의 소중함을 이야기했잖아. 그러니까 나랑 연애해도 되지?" 하고 상대가 말했다면,

여기에 비약이 있다. 그래서 묻게 된다. "인연의 소중함하고 내가 너랑 사귀는 게 무슨 관계야?" 이때는 당신이 상대를 측은해하는 눈으로 볼 것이다.

이런 점에 주의하면서 글을 읽고 질문을 생각하는 연습을 하자. 그럼 서서히 어떤 관점에서 질문해야 좋은지 익히게 될 것이다.

정보를 구하는 질문(더 알고 싶다)

- 더 자세하게 알고 싶은 사항이 없는가?
- 관련된 화제를 더 알고 싶지 않은가?

의미를 구하는 질문(더 잘 이해하고 싶다)

- 모르는 말이 없는가?
- 애매한 말이 없는가?

논증하는 질문(제대로 수긍하고 싶다)

- 독단적인 부분이 없는가?
- 비약이 없는가?

그런데 이런 분류는 어디까지나 편의에 따른 것일 뿐이다. 구체적인 예를 묻는다면 정보를 구하는 질문이자 의미를 구하는 질문일 수 있다. 즉 한 질문이 여러 유형에 걸칠 수 있다. 어떤 질문인지 분류하

* '도미(鯛)'와 '~고 싶다(たい)'의 일본어 발음이 같다는 점에 착안한 말놀이다. — 옮긴이

는 데 너무 신경 쓰지는 말자. 그다지 중요한 문제가 아니다. 이런 관점을 염두에 둠으로써 읽기와 듣기를 더 활성화하는 것이 목표다.

✐ 문제 53

다음 보기를 읽고 하나만 물을 수 있다면 어떤 질문을 할지 생각해 보자.(답을 이미 아는 질문이라도 괜찮다.)

1) 페스의 메디나에서 여행자는 길을 잃기 쉽다. 좁고 구불구불한 골목길 9000여 개가 촘촘한 그물처럼 얽혀 있기 때문이다. 이런 길은 수레도 다닐 수 없어서 무거운 짐을 옮길 땐 노새를 이용해야 한다.
2) 요즘 초·중등학교 교사는 너무 바쁘다. 해야 할 일이 너무 많아 정작 중요한 수업 준비에는 충분한 시간을 들이지 못하고 있다.
3) 한국어는 의성어가 풍부한 언어다. 한편 영어는 한국어보다 의성어가 훨씬 적다.
4) 누군가를 좋아하게 되면 가슴이 두근거린다. 하지만 두근거림만을 바라면 안 된다. '좋아한다'는 감정은 오히려 마음에 깊이 스며드는 상태다. 깊이 스며들면 느끼지 못할 때도 있다.
5) 모든 사람이 일상적으로 영어를 할 수 있어야 한다. 그러므로 초등학교 영어 교육을 더 충실하게 해야 한다.
6) 동물의 세계는 약육강식이다. 이를 잔혹하다고 생각할 수 있으나 그렇지 않다. 천적이 있기 때문에 종의 존속이 보장된다.

문제를 하나씩 살펴보자.

1) 일단 '페스가 어디인가', '메디나는 무엇인가' 등을 물어도 좋지만 이 문제에서 핵심은 '좁고 구불구불한 골목길 ~ 노새를 이용해야 한다.'에 있으니까 이 부분에 대해 물어보자. 복잡한 길이 있다니 페스는 지명인데, 이곳 사람들은 왜 이렇게 불편한 길을 만들었을까?(정보를 구하는 질문) 그 답은 적군의 침입을 막으려 한 데 있다. 길이 좁고 굽어서 한꺼번에 많은 적군이 들어서기 어렵고, 미로 같은 길은 절대적으로 침입자에게 불리하다. 참고로, 미로의 도시라고 불리는 페스는 모로코에 있으며 메디나는 구시가를 가리킨다.

2) 질문해야 하는 핵심이 잘 드러나 있다. '해야 할 일'의 구체적인 예를 물어보자.(정보를 구하는 질문) 그러면 어떤 일들을 하는지 분명히 답해 줄 것이다.

3) 일상에서 '의성어'라는 말을 거의 쓰지 않을 것이다. 무슨 말인지 모른다면 솔직하게 물어보자. 이때 구체적인 예도 들어 달라고 하면 좋다.(의미를 구하는 질문) 또는 한국어와 영어의 의성어가 어떻게 다른지 자세하게 가르쳐 달라고 해도 좋다.(정보를 구하는 질문)

4) 질문하기에도 참 민망한 글인데, '마음에 깊이 스며드는 상태'가 뭔지 알 듯 말 듯 하다. 정확히 무슨 뜻인지 물어보자.(의미를 구하는 질문) '좋아한다'는 감정 말고도 그런 상태를 만드는 감정이 있다면 어떤 것인가를 물어도 좋다.(의미를 구하는 질문)

5) 모든 사람이 일상적으로 영어를 할 수 있게 하는 데 초등학교

영어 교육을 충실하게 하는 것이 적당한 방법인지 질문할 여지가 있다. 하지만 이런 비약보다도 근거 자체가 독단적이다. 그러므로 근거에 대해 물어보자.(논증하는 질문)

6) '천적이 있다'는 것과 '종의 존속이 보장된다'는 것 사이에 비약이 있다. 따라서 이 비약을 없애도록 질문해 보자.(논증하는 질문) 답을 말하자면, 천적이 없으면 개체 수가 너무 늘어나고 먹을 것이 부족해져서 오히려 멸종 위기에 처하게 된다.

🔖 **문제 53 예시 답안**

1) 왜 좁고 구불구불해서 다니기 힘든 길을 냈을까?

2) 해야 할 일이 많다는데, 구체적으로 어떤 일인가?

3) '의성어'는 어떤 말인가? 구체적인 예를 들어 설명해 주면 좋겠다. 한국어와 영어의 의성어 차이를 더 자세하게 가르쳐 주면 좋겠다.

4) '마음에 깊이 스며드는 상태'란 어떤 것인가? '좋아한다'는 감정 말고도 그런 상태를 만드는 감정이 있다면 구체적인 예를 들어 설명해 주면 좋겠다.

5) 왜 모든 사람이 일상적으로 영어를 할 수 있어야 한다고 생각하는가?

6) 천적이 있다는 사실이 어떻게 종의 존속을 보장하는가?

3

좋은 질문,
나쁜 질문

좋은 질문인가, 나쁜 질문인가는 질문의 목적에 달렸다. 더 알고 싶고 이해하고 싶기 때문에 질문한다. 이것이 질문의 기본인데, 이것만이 질문의 목적은 아니다. 대화할 때 화제를 넓히기 위해 질문한다. 여기에 질문의 중요한 목적 가운데 하나가 있다. 예를 들면, '추리소설을 좋아한다'는 상대의 말에 '좋아하는 작가가 누구'인지를 물을 수 있다. 이렇게 화제를 넓히기 위해 (더 상세하게 알기 위해 그리고 관련된 화제를 더 알기 위해) 정보를 구하는 질문이 흔하다. 이런 질문을 할 때 상대는 물론이고 나와 그 장소에 있는 사람들의 관심사까지 겹치는 화제를 찾아야 한다. 화제를 넓혀서 활발한 대화를 이끌어 내는 질문이 '좋은 질문'이다.

이렇게 사교의 기술로서 질문하는 능력을 익히고 싶지만 여기서는 일단 생략한다. 솔직히 나도 이런 재주가 부족해서 어떻게 하면

활발한 대화를 이끌어 내는 질문을 할 수 있는지 배우고 싶기 때문이다. (1부 첫머리에서 소개한 일화를 떠올려 보자.)

여기서 연습하려는 질문은 이해하기 위한 질문, 수긍하기 위한 질문이다. 이해하기 위한 질문은 의미를 구하는 질문에, 수긍하기 위한 질문은 논증하는 질문에 대응한다고 볼 수 있다. 하지만 이 대응은 어디까지나 느슨하다. 이해하기 위한 질문이 반드시 의미를 구하는 질문이고, 수긍하기 위한 질문이 반드시 논증하는 질문이라고 할 수는 없다.

이해하기 위한 질문은 잘 이해되지 않는다고 생각한 부분에 대해 하면 되고, 수긍하기 위한 질문은 수긍되지 않는 부분에 대해 하면 된다. 다만 '이런 것도 모른다고 우습게 보면 어쩌지?' 하는 마음을 극복하는 것이 중요하다. 질문은 결코 부끄러운 것이 아니다. 오히려 질문은 잘 듣고, 잘 읽고 있다는 증거다.

사실은 잘 이해하지 못했는데도 다 이해했다는 식으로 생각해 버리는 태도에 주의해야 한다. 제대로 이해했는지, 정말 수긍하고 있는지 스스로에게 물어보자. 이 점을 특히 강조하고 싶다. 보통 대화하다 보면 언뜻 다 이해했다는 식으로 진행되는 경우가 많고 대부분은 그래도 괜찮다. 하지만 이렇게 대화를 진행하면 안 되는 경우, 내용을 정확히 이해하고 수긍했는지를 철저하게 검토해야만 하는 경우도 있다. 그리고 표면적으로만 이해하고 수긍하는 식으로 넘어가면 언어력이 늘지 않는다. 다시 이야기하겠다. 제대로 이해했는지, 정말 수긍하고 있는지 스스로에게 물어보자.

　이해하고 수긍하는 데 '좋은 질문'은 상대가 하는 말의 핵심을 파고드는 것이다. 5부 '맥락을 파악한다'에서 한 말을 쓰면, '곁가지'가 아니라 '줄기' 또는 '굵은 가지'에 관한 질문이 더 좋은 질문이다. 물론 좋은 질문만 해야 한다는 뜻은 아니다. 이해하지 못하는 부분이 있으면 주눅 들지 말고 질문하자. 하지만 실제로는 한정된 시간에 효과적으로 대화해야 한다. 그러려면 좋은 질문과 나쁜 질문을 판단할 수 있어야 한다.

　그럼 문제를 살펴보자. 단, 조금 어려운 문제라서 질문이 쉽게 안 떠오를지도 모른다. 질문하기가 어렵다는 사실을 경험해 보기를 바란다.

✎ **예문 22**

커뮤니케이션의 실패란, 말하는 사람이 자신의 말에 부여하는 의미와 듣는 사람이 그 말에 부여하는 의미가 어긋나면서 일어난다. 하지만 어떤 말의 사전적인 의미가 어긋나는 것만 문제는 아니다.

다음 이야기를 보자. 간호사 A씨는 다섯 살쯤 된 남자아이 환자가 오줌을 쌌기 때문에 기저귀를 채우면 좋겠다고 아이 어머니에게 말했다. 그런데 그 어머니는 A씨의 말에 상처를 받고 자기 아이는 그런 아이가 아니라고 울면서 호소했다. A씨는 그저 간호의 일환으로 기저귀를 채우라고 했을 것이다. 하지만 환자의 나이가 다섯 살 정도라면 기저귀를 차는 것이 인격에 관한 문제다. 이 경우 A씨가 간호의 관점에서 생각하는 '기저귀'의 의미와 아이 어머니가 아이의 관점에서 본 '기저귀'의 의미가 서로 다르기 때문에 커뮤니케이션이 실패했다.

앞에서 말로 하는 커뮤니케이션의 예를 들었는데, 말로 하지 않는 커뮤니케이션도 있다. 그리고 이 경우에도 전달하는 사람과 받아들이는 사람 사이의 의미 차이가 커뮤니케이션의 실패를 낳는다.

대개 우리의 커뮤니케이션은 중요한 상황일수록 크든 작든 실패한다고 할 수 있다. 이런 어긋남을 깨닫고 바로잡을 수 있느냐가 문제다. 어긋남 없이 전달하기보다는 어긋남을 바로잡을 방법이 뭔가? 커뮤니케이션의 본질은 여기에 있다.

✎ 문제 54

예문 22에 대해 적확한 질문을 생각해 보자.

이에 관한 힌트 겸 문제가 있다.

✎ 문제 55

예문 22에 대한 질문으로서 다음 1)~5)가 적확하다고 할 수 있는지 살펴보자. 핵심을 찌르는 질문은 ○, 핵심에서 벗어난 질문은 △로 표시한다.

1) '사전적인 의미'란 무엇인가? 또한 '사전적이지 않은 의미'란 무엇인가?

2) 간호할 때 다섯 살 아이에게 기저귀를 채우는 게 흔한 일인가?

3) '간호의 일환으로 다루는 것'과 '인격에 관련된 문제'는 어떻게 다른가?

4) '말로 하지 않는 커뮤니케이션'의 구체적인 예로 어떤 것이 있는가?

5) '커뮤니케이션의 실패를 바로잡는다'는 것은 어떤 뜻인가?

이 글의 기본적인 주장은 끝부분에 나온다. "어긋남 없이 전달하기보다는 어긋남을 바로잡을 방법이 뭔가? 커뮤니케이션의 본질은 여기에 있다." 이 가운데 '(의미의) 어긋남'이란 무엇인가 그리고 이 어긋남을 '바로잡는다'는 것은 무엇인가가 질문의 핵심이다.

1) '사전적인 의미'란 무엇인가? 또한 '사전적이지 않은 의미'란 무엇인가? 이 질문이 바로 이 핵심에 관한 것이다. '기저귀' 사례에서 이를 구체적으로 설명해 달라고 해야 할 것이다. 사례에서 '기저귀'의 사전적인 의미는 간호사와 아이 어머니가 공유하고 있다. 그런데 간호사는 기저귀를 붕대같이 일반적인 간호용품으로만 보는 반면, 아이 어머니는 다섯 살짜리가 기저귀를 찬다면 창피할 수도 있다고 본다. 이런 관점의 차이를 '의미'라는 말로 파악한다. 질문을 통해 이런 설명을 끌어내면 좋겠다.

2) 간호할 때 다섯 살 아이에게 기저귀를 채우는 게 흔한 일인가?

이 질문은 이 글의 기본 주장에서 크게 벗어나 있다. △보다 ×로 표시해야 할 것 같다.

3) '간호의 일환으로 다루는 것'과 '인격에 관련된 문제'는 어떻게 다른가?' 이는 중요한 질문이라서 ○로 표시한 사람이 많을 것 같다. 정답이 아니라고 타박하고 싶지는 않다. 하지만 이 글에 나온 일화는 예시라서 줄기가 아닌 가지다. 1)처럼 줄기와 관련한 질문은 괜찮지만 일화의 세부에 관한 질문은 핵심을 벗어나 있다고 해야 할 것이다.

4) '말로 하지 않는 커뮤니케이션'의 구체적인 예로는 어떤 것이 있는가? 이것도 물어보고 싶을 것이다. 하지만 말로 하지 않는 커뮤니케이션도 있다는 사실은 이 글에서 보충 설명이다. 핵심을 찌르는 질문이라고 할 수는 없다.

5) '커뮤니케이션의 실패를 바로잡는다'는 것은 어떤 뜻인가? 이는 이 글의 기본 주장에 관한 질문이다. 예를 들어, A씨 일화에서 생겨난 어긋남을 바로잡는다는 것은 어떤 뜻일까? 어려운 문제다. 분명 쉽게 답할 수 없을 것이다. 하지만 바로 그렇기 때문에 이 질문이 이 글의 내용을 더 깊이 이해하는 계기를 부여하며 중요하다.

✎ **문제 54, 55 해답**

○ : 1), 5)   △ : 2), 3), 4)

다음과 같이 적확한 질문을 생각할 수 있다.

'사전적인 의미'란 무엇인가? 또한 '사전적이지 않은 의미'란 무엇인가?

'커뮤니케이션의 실패를 바로잡는다'는 것은 어떤 뜻인가?

✎ 예문 23

야생 일본원숭이와 침팬지에게 '식사 횟수'는 의미가 없다. 왜냐하면 이들은 깨어 있는 동안 계속 먹었다 안 먹었다 하기 때문이다. 하지만 인간은 그러지 않는다. 하루 세 번이 아니라도 식사 횟수는 대개 정해져 있다. 왜 그럴까?

인간은 기본적으로 타인과 더불어 식사한다. 곧 '공식(共食)'을 한다. 그러려면 같은 장소, 같은 시각에 모여야 한다. 이것이 인간에게 식사 횟수가 있는 이유다. 그렇다면 인간은 왜 공식을 하는가? 인간 이외의 영장류는 공식을 하지 않는다. 정확히 말하자면, 인간에 더 가까운 고릴라에게서는 공식의 시초 같은 것을 찾아볼 수 있다. 하지만 원숭이들은 공식을 하지 않는다. 그러므로 공식을 인간의 특징으로 볼 수 있을 것이다.

동물들은 한정된 식량을 둘러싸고 다툼을 벌인다. 그러므로 다른 개체와 같은 장소에서 먹는 것은 오히려 피해야 하는 사항이다. 하지만 인간은 식량을 둘러싸고 벌어지는 다툼이라는 긴장을 식량을 같이 나누는 형태로 전환함으로써 해결했다. 모든 개인이 각자 먹는다는 것은 식량을 둘러싼 다툼을 의미하기도 한다. 그러므로 모두 같이 먹는다.

다툼의 여지를 처음부터 제거해 버린 것이다.

특히 수렵채집민은 오늘날에도 사냥감을 서로 나누며, 식량을 나누어 갖는 데 이상할 정도로 정열을 기울인다. 여기에 인간이 공식을 기본으로 삼게 된 기원이 존재한다. 인간은 식량을 둘러싼 갈등을 함께 먹는다는 역설적인 방법으로 해소해 왔다.

✍ 문제 56

예문 23을 읽고 적확한 질문을 생각해 보자.

✍ 문제 57

예문 23에 대해 다음 1)~5)를 적확한 질문이라고 할 수 있는지 살펴보자. 핵심을 찌르는 질문은 ○, 핵심에서 벗어난 질문은 △로 표시한다.

1) 시대나 문화에 따라 식사의 표준적인 횟수가 다른가?
2) 공식 이외에, 식사 횟수가 있는 이유를 찾을 수는 없는가?
3) 영장류 이외의 동물도 공식을 하지 않는가?
4) 고릴라에게서 볼 수 있다는 '공식의 시초'란 어떤 것인가?
5) 공식을 하면 왜 식량을 둘러싼 다툼이 벌어지지 않는가?

놀라운 기교를 보여 준다고 하고 싶을 만큼 기지가 넘치는 논증이며 크게 감탄하고 수긍하게 되는 글이다. 적어도 이 예문의 바탕이

된 글을 처음 읽었을 때 내 감상은 그랬다. 하지만 다시 천천히 검토해 보자. 비약이 없나?

이 글은 "왜?"라는 질문 두 번과 그에 대한 답으로 이루어져 있다.

왜 인간의 식사 횟수는 셀 수 있는가? → 공식을 하기 때문이다.
왜 공식을 하는가? → 식량을 둘러싼 다툼을 막기 위해서다.

우선 식사 횟수를 셀 수 있는 이유로 공식을 한다는 사실을 들었다. 타인과 식사한다면 당연히 식사하는 장소와 시간이 정해질 것이다. 하지만 다른 이유가 없을까? 다시 천천히 생각해 보자.

다른 사람과 함께하지 않아도 횟수를 셀 수 있는 것들이 있다. 예를 들면, 배설이 그렇다. 하루에 몇 번 배설하는가는 사람마다 다르지만 횟수를 셀 수 있다. 그리고 이는 요의, 변의를 느끼기 때문이지 누군가와 함께 배설하기 때문이 아니다. 그렇다면 식사도 단순히 배가 고프니까 먹고 배가 차면 먹기를 그치고, 다시 배가 고플 때까지 먹지 않는 정도의 일이었을지도 모른다.

또는 인간에게 식사 이외에 해야 하는 일이 생겼기 때문일 수도 있다. 오늘날에는 일을 꼭 해야 하는 사람도 많다. 그렇다면 계속 먹고 있어서는 안 된다. 이것이 식사 시간을 한정하게 된 이유가 아닐까?

그리고 이런 이유가 충분한 설득력이 있다면, '식사 시간을 한정하게 된 것은 공식 때문'이라는 말을 비약이라고 할 수밖에 없다.

다음 논증을 살펴보자. '왜 공식을 하는가'를 묻고 '식량을 둘러싼 다툼을 막기 위해서'라고 답한다. 다시 천천히 생각해 보자.

어쩌면 인과관계가 거꾸로일지도 모른다. 곧 다툼에 대한 걱정이 없기 때문에 같은 장소에서 모두 함께 먹을 수 있게 되었는지도 모른다. 다툼이 만들어 내는 긴장이 매우 컸다면 함께 식사해도 누군가 독점하거나 더 많은 몫을 차지하려 들지 않았을까? (유산 상속을 둘러싼 비극을 생각해 보자.) 공식을 함으로써 다툼이 억제된다는 주장은 더 자세히 설명할 필요가 있다.

또 '왜 서로 나누게 되었는가'라는 물음에 '집단으로 사냥했기 때문'이라는 답을 생각해 볼 수 있다. 다 같이 사냥했으니 다 같이 나눈다. 그러므로 혼자 몰래 빠지거나 속이고 식량을 받은 사람은 다음 번 집단 사냥에 끼지 못하게 된다. 그 사람도 그런 상황에 처하고 싶지 않기 때문에 다른 이들을 속이지 않는다. 사이가 좋기 때문이 아니라 집단을 유지해서 얻는 장점을 알기 때문에 서로 나누는 것이다.

지금 내가 제시한 답이 옳다고 이야기하려는 것이 아니다. 이런 답을 제시할 수 있고 그럴듯하다고 인정한다면, 예문 23은 아직 충분한 설득력이 없다. 그렇다면 설명이 더 필요하다고 질문해야 한다.

문제 57의 1)~5)를 살펴보자.

2)와 5)는 지금 이야기한 논증의 비약에 대한 질문이다.

1) 시대나 문화에 따라 식사의 표준적인 횟수가 다른가? 이 질문

은 이 글의 논증과 아무런 관계가 없다. △도 아니고 ×다.

3) 영장류 이외의 동물도 공식을 하지 않는가? 이는 물어보고 싶은 질문이다. 예를 들어, 사자는 무리를 지어 사냥을 한다. 그리고 수컷과 암컷이 사냥감을 먹는 순서는 있어도 같은 무리 내에서 서로 빼앗지는 않는 듯하다. 이런 예는 어떤가? 예문 23의 줄기는 어디까지나 앞서 이야기한 논증을 제시하는 것이므로, 이 질문이 흥미롭기는 해도 예문 23의 핵심을 파고들지는 않는다.

4) 고릴라에게서 볼 수 있다는 '공식의 시초'란 어떤 것인가? 이것도 흥미로운 질문이다. '시초'란 어떤 뜻인가? 같이 먹는가, 먹지 않는가? 물어볼 만한 질문이지만 이것도 핵심과는 관계없다.

✍ 문제 56, 57 해답

○ : 2), 5)   △ : 1), 3), 4)

여기서 다음과 같은 적확한 질문을 생각해 볼 수 있다.

공식 이외에, 식사 횟수가 있는 이유를 찾을 수 없는가?
공식을 하면 왜 식량을 둘러싼 다툼이 벌어지지 않는가?

어떤가? 질문하기가 어렵다는 사실을 느꼈는지 모르겠다. 적확한 질문을 하려면 기술이 필요하다. 계속 연습하면 좋겠다.

8부

반론한다

1
끝없는 논쟁에서
벗어나는 법

나나와 시호가 결혼 피로연을 어떻게 할지 이야기한다.

"시호 너도 나처럼 다른 옷으로 갈아입어야 해."
"싫어."

이렇게 서로 주장을 늘어놓기만 해서 논쟁이 결말 없이 평행선을 달릴 때가 있다. 결말이 나지 않는 논쟁을 빠져나오려면 무엇보다 우선 자기주장의 근거를 제시해야 한다. 6부 '주장의 근거를 알아보자'에서 본 것처럼, 근거를 제시하지 않으면 의견은 그저 독단이 된다. 서로 독단적으로 이야기한다면 같이 대화하는 의미가 없다.

"시호 너도 나처럼 다른 옷으로 갈아입어야 해. 얼마 전에 갔던 친구 결혼식 피로연에서도 신랑이 옷을 갈아입었더라고."

"귀찮아서 싫어."

여기서는 각자 자기주장의 근거를 말한다. 한 걸음 나아간 셈이다. 하지만 이것만으로는 결말 없는 논쟁을 벗어나기 어렵다.

어떻게 해야 좋을까? 상대가 근거를 제시하면서 주장하기 때문에, 그 논증이 얼마나 설득력 있는가를 문제 삼아야 한다. 아무리 근거를 제시해도 이를 무시하고 이야기하면 근거를 제시하는 의미가 없다.

나나는 '친구의 결혼식 피로연에서도 신랑이 옷을 갈아입었다'고 근거를 제시했다. 그럼 시호는 이 논증을 받아들일 수 있는가를 검토해야만 한다. 그리고 받아들일 수 없다면 왜 그런지를 문제 삼아야 한다. 이와 반대로 나나는 시호가 제시한 '귀찮다'는 근거를 받아들일 수 있는지 검토하고, 받아들일 수 없다면 왜 그런지를 문제 삼아야 한다. 이렇게 서로 논증한 뒤 그 논증의 설득력을 평가하면서, 결말이 안 나는 논쟁을 빠져나올 가능성이 처음으로 열린다.

✒️ **문제 58**

다음 논증을 읽고 근거가 왜 약한지 지적해 보자.

1) 친구의 피로연에 갔더니 신랑이 옷을 갈아입었다. 그래서 우리 피

* 서로 자기에게 유리한 이야기만 해서 결론이 나지 않는 대화를 '미즈카케론(水掛論)'이라고 한다. 원래 미즈카케는 '물을 끼얹다'라는 뜻으로, 일본에서 결혼 이후 처음 맞는 설에 신랑에게 물을 끼얹는 풍습을 가리키기도 한다. ─옮긴이

로연에서도 신랑이 옷을 갈아입어야 한다.

2) 옷 갈아입기는 귀찮다. 그래서 나는 옷을 갈아입지 않겠다.

1) 상대의 논증이 불충분함을 지적해 보자. 예를 들어, 상대의 말에 대해 "남은 남이고 우리는 우리야. 남이 하는 피로연은 신경 쓰지 말고 우리가 하고 싶은 대로 하는 게 좋다고 생각해."라고 한다면 일단 결말이 나지 않는 논쟁에서 벗어나는 응답을 했다고 할 수 있다. 또 나나가 다른 준비에 관해 "남들이 안 하는 걸 하고 싶어!" 하고 말했다면 "남들처럼 하고 싶은 거야, 남들이 안 하는 걸 하고 싶은 거야? 어느 쪽이야?"와 같이 물으면서 일관성 없는 발언을 문제 삼을 수도 있다. 단, 이렇게 논리만 따지는 게 좋은 방법인가는 따로 생각해 볼 만하지만 여기서는 다루지 않겠다.

2) "귀찮으니까."도 일단 근거다. 하지만 피로연 같은 자리에서 귀찮다는 이유만으로 그 자리에 필요한 뭔가를 안 할 수 있을까? 다른 이유를 제시하지 않는다면, 근거라기에는 너무 약하다.

✎ 문제 58 예시 답안

1) 피로연은 남들이 하는 대로 똑같이 할 필요가 없고 어느 정도 개성을 반영할 수 있으므로, 친구 피로연에서 신랑이 옷을 갈아입었다고 해서 우리도 피로연에서 그래야 한다는 법은 없다.

2) 피로연 자체가 원래 귀찮은 행사라서 '귀찮다'는 이유만으로 안 하

겠다면 피로연을 할 필요가 없다. 그러므로 '귀찮다'는 이유만으로는 신랑이 옷을 갈아입지 않겠다는 근거로서 약하다.

결말이 안 나는 논쟁을 하지 않으려면 상대가 제시한 논증을 검토해야 한다. 상대가 제시한 근거가 옳은가? 그 근거가 주장을 설득력 있게 이끌어 내는가? 이런 사항들을 검토해야 한다. 단순히 상대의 주장을 부정하는 게 아니라 논증이 불충분함을 드러내야 한다.

이것이 결말이 나지 않는 논쟁이 되느냐 마느냐를 가르는 가장 중요한 핵심이다. 이를 '논증을 비판하다'라고 부르자.

- **논증을 비판하다: 논증이 불충분함을 드러내다.**

논증에 대한 비판이란 '근거가 적절하지 않음'을 논하는 것이다. 따라서 결론으로 제시된 주장 자체에 대해서는 옳고 그름을 가리지 않는다. 논증에 대한 비판에서 반론으로 나아가려면, 그 비판을 토대로 삼아 상대와 대립하는 주장을 근거와 함께 제시해야 한다.

- **반론하다: 상대의 논증을 비판하면서 대립하는 주장을 근거와 함께 서술하다.**

논증을 비판하지 않고 그저 상대와 대립하는 주장을 서술하는 경

251

우는 '반론하다'와 구별해 '단순히 반대하다'로 하자. 단순히 반대하기만 해서는 결말이 나지 않는 논쟁에 그치고 만다. 결말이 나지 않는 논쟁을 벗어나 이야기를 진전시키려면 반론이 필요하다.

그럼 문제를 살펴보자. 단순히 반대하기만 해서 결말이 나지 않는 논쟁으로 그치고 마는 경우가 없나? 상대의 논증을 비판하고 있는지를 살펴보면 좋겠다.

✎ 문제 59

1)~3)에서 B가 A에 대한 반론이 되는지 답해 보자.

1) A: 대학에서 중국어와 프랑스어 등 영어 이외의 외국어도 가르친다. 그러나 세계적으로 활동하면서 영어만으로도 의사소통할 수 있다. 그러므로 영어 이외의 외국어는 배울 필요가 없다.

B: 외국어를 배우는 목적이 의사소통만은 아니다. 사람은 언어를 통해 세계를 파악하고 생각한다. 그러므로 비영어권 지역의 관점과 사고방식을 더 깊이 이해하려면 그 지역의 언어를 배워야 한다.

2) A: 국내에 내국인도 출입할 수 있는 카지노를 더 만들면 도박 의존증이 늘어날 것으로 보인다. 또 치안이 나빠지고 반사회적 세력의 자금원이 될 우려도 있다. 이런 점들을 생각한다면 카지노를 늘려서는 안 된다.

B: 카지노가 있으면 외국 관광객이 늘어난다. 또 지금까지 외국 카

지노로 갔던 내국인을 불러들이는 효과도 있다. 게다가 카지노와 관련된 일자리가 생긴다. 이런 경제적 효과가 매우 크기 때문에 카지노를 늘려야 한다.

3) A: 통근·통학 교통 체증 시간대에 여성 전용 차량을 도입하는 철도 노선이 많다. 그러나 여성만 전용 차량이라는 특권을 얻는 게 이상하다. 남녀평등 원칙에 따라, 여성 전용 차량을 설치해서는 안 된다.

B: 성폭력이 여성의 마음에 얼마나 큰 상처를 주는지 생각해 본 적이 있는가? 여성 전용 차량은 성폭력 행위를 방지할 뿐만 아니라 과거의 피해 탓에 트라우마가 있는 여성이 안심하고 탈 수 있다.

1) A는 '세계적으로 활동하면서 영어만으로도 의사소통할 수 있음'을 근거로 삼아 '영어 이외의 외국어는 배울 필요가 없다'고 주장한다. 그렇다면 A는 '대학에서 외국어를 배우는 이유가 의사소통 능력을 키우는 것뿐'이라고 생각한다는 뜻이다. B는 이를 비판한다. 외국어를 배우는 목적이 의사소통만은 아니다. 사람들의 관점과 사고방식을 그들이 쓰는 언어를 통해 더 깊이 이해할 수 있다. 이 또한 영어 이외의 외국어를 배우는 중요한 이유가 된다. 이런 B의 발언은 A의 논증을 비판하면서 A와 대립하는 주장을 근거와 함께 서술하기 때문에 반론이다.

2) A는 카지노를 늘렸을 때의 단점을, B는 같은 상황의 장점을 이야기할 뿐이며 상대의 말에 대한 평가는 없다. 그러므로 이것은 반론

이 아니라 단순한 반대다.

이렇게 서로 장점과 단점만 이야기하는 경우를 많이 볼 수 있다. 이런 상황에서 결론이 나지 않는 논쟁을 벗어나려면 상대가 주장하는 장점과 단점이 정말로 장점과 단점인가, 특히 단점은 그에 관한 대책을 세울 수 있는가를 검토해야 한다. 그리고 장점과 단점을 정확하게 파악한 후 이를 비교해야 한다. 어떤 제안이든 좋은 면과 나쁜 면이 동시에 존재하므로 양면을 비교한 뒤 최종 결단을 내려야 한다.

카지노에 대해 다음과 같은 대화를 나눈다면 B가 A에 대한 반론이 된다.

A: 국내에 내국인도 출입할 수 있는 카지노를 더 만들면 도박 의존증이 늘어날 것으로 보인다. 그러므로 카지노를 늘려서는 안 된다.
B: 도박 의존증은 대책이 마련되어 있다. 카지노에 자주 드나드는 사람은 내국인이기 때문에, 내국인 출입을 금지하고 외국인 전용 시설로 운영한다. 이렇게 해도 외국인 관광객이 늘고 카지노 관련 일자리가 생겨서 경제적 효과가 매우 클 것이다. 그러므로 카지노를 늘려야 한다.

그런데 B의 반론에 대해 재반론이 있을 수 있다. 예컨대 '외국인 전용 시설로 만들면 카지노의 이익이 크게 줄어든다', '민간에 경영을 맡기면서 규제하기가 현실적으로 불가능하다' 등을 들 수 있다. 논쟁이 계속되면서 결말이 쉽게 나지 않을 수도 있다. 하지만 결말이

나지 않는 논쟁에서 벗어나 논의를 심화하는 것이 중요하다.

3) A는 '남녀평등의 원칙에 따라, 여성 전용 차량을 설치해서는 안 된다'고 주장한다. 그런데 B는 '남녀가 평등하다'는 근거는 전혀 건드리지 않고 '성폭력 행위를 방지하고 성폭력 피해 탓에 트라우마가 있는 여성을 지키기 위해 여성 전용 차량이 필요하다'고 주장한다. 이는 단순한 반대지 반론은 아니다.

'남녀평등'이 '여성 전용 차량을 설치하지 말아야 한다'는 주장에 알맞은 근거인지부터 비판적으로 검토해야 한다. 예를 들어, '남녀가 평등하니까 남성 전용 차량도 만들어야 한다'고 주장할 수도 있다. 또는 기본적으로 이 문제는 남녀평등을 근거로 논할 만한 것이 아니라고 할 수도 있다. 그러므로 다음과 같이 말한다면 A에 대한 반론이 된다.

B: 이것은 남녀평등이라는 원칙을 기계적으로 적용할 문제가 아니다. 남성보다 여성이 성폭력 피해자인 경우가 압도적으로 많다. 이런 현실에 어떻게 대처할지 실제적인 방책을 생각해야 한다. 여성 전용 차량 설치가 완전하고 최종적인 해결책은 아니지만 일정한 효과는 분명히 있으니 적어도 지금으로서는 여성 전용 차량을 계속 만들어야 한다.

문제 59 해답

1)은 반론이다. 2)와 3)은 단순한 반대에 지나지 않는다.

2

반론하는 요령

'이렇게 하면 반론할 수 있다' 하고 정해진 법칙 같은 것은 없지만 몇 가지 요령은 제시할 수 있다. 다음의 유전자 조작 농산물에 관한 논쟁을 통해 다섯 가지 도움말을 제시해 본다.

우선 이 논의의 배경을 알아보자. 바실러스 튜링겐시스(Bt)라는 박테리아가 곤충에게 독성이 있는 단백질(Bt단백질)을 만든다. 이 Bt단백질을 만드는 유전자를 박테리아에서 꺼내 농산물 유전자와 조합해서 농산물이 곤충에 대해 독성을 갖게 만든다. 이것이 유전자 조작 농산물이다. Bt단백질은 종류가 다양하고 구제 대상인 곤충의 범위를 어느 정도 좁힐 수 있기 때문에 특정 작물에 해가 되는 곤충만 구제하도록 Bt단백질을 쓸 수 있다. 현재 일본은 유채씨, 감자, 옥수수 등 유전자 조작 농산물을 허가하고 있다. 하지만 유전자 조작 농산물에 대해서는 찬반이 있는 상태다.

여기서 유전자 조작 농산물에 대해 반대하는 사람이 다음과 같이 주장했다고 해 보자.

✏️ **예문 24**

Bt단백질은 곤충에 대한 독성이 있다. 이것이 인간에게는 독성이 없다고 보장할 수 없다. 유전자 조작 농산물을 찬성하는 사람들은 과학적으로 안전이 입증되었다고 주장한다. 하지만 완벽한 입증 같은 것은 불가능하다. 아무리 면밀히 검사해도 위험성이 100퍼센트 없어지지는 않는다. 그래서 유전자 조작 농산물을 허가하면 안 된다.

어떤 반론을 시도하든 처음에는 반론하려는 상대의 논증 구조를 명확하게 파악해야 한다. 어느 부분이 근거인가, 그 근거로부터 어떤 결론을 주장하고 있는가? 이에 대해 분명히 파악해야 한다.

도움말 1 논증의 구조를 명확히 파악하자.

🛠️ **문제 60**

예문 24에 드러나는 논증의 근거와 결론이 무엇인가?

논증의 구조를 파악했다면 비판적으로 검토한다. 6부에서 잘못된 근거, 허약한 근거에 대해 다섯 가지 요점을 이야기했다(210쪽). 여기서는 특히 다음 두 가지 사항에 주의하자.

- 근거가 틀리지는 않았는가?
- 근거와 결론 사이의 연결이 너무 약하지는 않은가?

제대로 반론하지 못하는 사람은 상대의 말이나 글을 좋게 이야기하면 순수하게, 나쁘게 이야기하면 아무 생각 없이 받아들인다. 이런 사람은 순수 스위치를 일단 끄고 의심 스위치를 켜야 한다. 수긍할 만한 대목에서도 일단 멈춰 서서 "정말일까?" 하고 물어보자. 늘 이런 태도로 살아가야 한다면 효율적이지도 않고 쉽게 지친다. 무엇보다 인간관계가 망가질 우려도 있다. 하지만 "정말일까?"라는 의심 스위치를 필요에 따라 켜고 끄지 못한다면 반론을 시도할 수 없다.

도움말 2 멈춰 서서 "정말일까?" 하고 묻는다.

그럼 문제 60의 답을 살펴보자. '그래서'라는 말의 앞부분이 근거, 뒷부분이 결론이다. 근거는 논증을 비판적으로 검토하는 데 필요한 부분만 골라내면 된다.

근거 완벽한 안전성 입증이 불가능하기 때문에 위험성이 아예 없지는 않다. → **결론** 그래서 유전자 조작 농산물을 허가하면 안 된다.

이 논증에 대해 "정말일까?" 하고 의심해 보자. 제시한 근거가 옳은가? 그 근거에서 설득력 있는 결론이 나오는가?

근거를 살펴보자. '완벽한 안전성 입증이 불가능하기 때문에 위험성이 100퍼센트 없어지지는 않는다.' 이를 부정할 수는 없을 것이다. 아무리 전문가가 안전하다고 목소리를 높여도 위험성이 아예 없을 수는 없다.

근거와 결론 사이의 연결은 어떤가? 이 근거에서 '유전자 조작 농산물을 허가하면 안 된다'는 결론이 나올 수 있을까? '이 결론이 맞다' 하고 수긍할지도 모른다. 여기서 도움말을 제시하려고 한다. 논증의 전면에 드러나 있지 않지만 논증의 전제가 되는 사항이 있을지도 모른다. 그 숨은 전제를 찾아서 그것이 옳은지를 생각해 보자.

도움말 3 숨은 전제를 검토한다.

'숨은 전제'에 대해서는 6장에 있던 예를 통해 확인하자.

오로라는 신의 선물로 불릴 만큼 환상적으로 아름답다. 그러므로 누구나 오로라를 봐야 한다.

이 논증에는 '아름다움의 기준이 같다'는 전제가 숨어 있다. 하지만 이에 대해 '누군가 극찬한 아름다움이라고 해서 모든 사람이 꼭 봐야 하는 것은 아니다. 취향은 사람마다 다르기 때문에 보고 싶은 사람만 보면 된다.' 하고 비판할 수 있다.

✎ **문제 61**

1) 예문 24의 논증에서 숨은 전제는 무엇인가?
2) 1)에서 찾은 숨은 전제를 비판해 보자.

예문 24의 논증은 유전자 조작 농산물을 반대하는 근거로 '위험성이 100퍼센트 없어지지는 않는다'는 것을 들고 있다. 그럼 여기에는 '위험성이 있을 수 있어서 허가할 수 없다'는 전제가 작동했다.

✎ **문제 61 1) 해답**

위험성이 있을 수 있는 것은 허가할 수 없다.

이 전제에 대해 "정말일까?" 하고 의심해 보자. 위험성이 있을 수 있는 것은 허가할 수 없다는 말이 과연 옳을까? 유전자 조작 농산물은 차지하고, '위험성이 있을 수 있는 것은 허가할 수 없다'는 말을 일반적인 주장으로 생각해 보자.

어떻게 생각하나? 지나치거나 과장된 주장은 아닐까? 위험성이
조금 있어도 우리가 일반적으로 이용하는 것, 이용할 수밖에 없는 것
도 있다.

✎ **문제 61 2) 예시 답안**

비행기나 자동차도 위험성이 아주 없지는 않다. 하지만 그렇다고
해서 비행기나 자동차를 이용하지 말자고 하지는 않는다. 따라서 '위
험성이 있을 수 있는 것은 허가할 수 없다'는 주장은 근거가 약하다.

이 답안은 예문 24의 논증에 대한 비판이 된다. 예문 24는 위험성
이 있을 수 있다는 것을 근거로 유전자 조작 농산물을 반대하는데,
그렇다면 비행기나 자동차도 위험할 수 있으니 허가하지 말아야 한
다. 위험성이 있을 수 있다는 것만으로는 유전자 조작 농산물을 거부
할 근거가 되지 못한다.

이 비판에 수긍하지 않는 사람도 있을 것이다. 유전자 조작 농산물
을 반대하는 이들이 비행기나 자동차를 허가하지 말아야 한다고 이
야기하지는 않았다. 유전자 조작 농산물을 허가하지 말아야 한다는
것에 대해 비행기나 자동차도 이용하지 말라는 것이라고 말한다면
상대가 말하지 않은 부분까지 비판하는 셈이지 않나?

그렇지 않다. 예문 24의 논증은 '위험성이 있을 수 있다'는 사실만

을 근거로 유전자 조작 농산물을 반대한다. 그렇다면 위험성이 있을 수 있는 비행기든 자동차든 다 허가하지 말아야 할 것이다. 물론 이에 대해 유전자 조작 농산물을 반대하는 이들은 "비행기나 자동차까지 허가하지 말아야 한다고 하지는 않는다. 유전자 조작 농산물을 반대하는 것이다."라고 말할 것이다. 그렇다면 비행기나 자동차는 되고 유전자 조작 농산물은 안 된다고 주장하는 근거를 제시해야 한다. '위험성이 있을 수 있다'는 것만으로는 답이 되지 않는다. 유전자 조작 농산물에만 해당하는 특수한 이유를 서술할 필요가 있다.

예문 24에는 이런 이유가 없기 때문에 논증이 불충분하다. 유전자 조작 농산물을 찬성하는 사람들은 이런 비판을 토대로 다음과 같이 반론할 수도 있다.

✎ **예문 25**

물론 유전자 조작 농산물의 안전성이 완벽하게 입증되지는 않았다. 하지만 이는 비행기나 자동차도 마찬가지다. 100퍼센트 안전하지 않아도 큰 편익이 있기 때문에 우리는 비행기와 자동차를 이용한다. 유전자 조작 농산물도 위험성이 아주 없지는 않지만 농약을 안 쓴다는 큰 장점이 있다.

당신들도 비행기나 자동차를 이용하지 말자고 하지는 않을 것이다. 그렇다면 유전자 조작 농산물을 허가해야 한다.

"정말일까?" 하고 의심하는 스위치를 아직 끄면 안 된다. 이 주장에 반대하는 사람들은 재반론을 할 수 없을까? 생각해 보자.

앞서 이야기했듯 반론은 두 가지로 이루어진다.

i) 상대의 논증을 비판한다.

ii) 상대와 대립하는 주장을 근거와 함께 서술한다.

그럼 예문 25에 대한 반론을 세 단계로 나눠 살펴보는 문제를 풀어 보자.

✎ **문제 62**

1) 예문 25에 제시된 찬성하는 논증의 근거와 결론은 무엇인가?

2) 예문 25에 제시된 찬성하는 논증을 비판적으로 검토해 보자.

3) 유전자 조작 농산물에 반대하는 주장을 근거와 함께 서술해 보자.

예문 25의 논증 구조는 다음과 같다. 이런 유형의 논증을 '유비 논법'이라고 하자.

• 유비 논법: 상대에게 A를 인정받으려 할 때 A와 유사한 B를 가져와 우선 B를 인정받는다. 그리고 A와 B가 같기 때문에 A도 인정해야 한다고 논한다.

263

예문 25에서는 비행기, 자동차와 유전자 조작 농산물의 유사성을 지적한 뒤 이를 바탕으로 비행기와 자동차를 허가한다면 유전자 조작 농산물도 허가해야 한다고 논증했다. 여기서 '그렇다면'의 앞부분까지가 근거, '그렇다면'의 뒷부분이 결론이다.

✍ 문제 62 1) 해답

근거 비행기와 자동차도 위험할 수 있지만 매우 편리하다. 유전자 조작 농산물도 마찬가지다. 위험성이 아주 없지는 않아도 농약을 쓰지 않는다는 큰 장점이 있다. 당신들도 비행기와 자동차 이용을 인정할 것이다. → **결론** 유전자 조작 농산물도 허가해야 한다.

그럼 이 논증을 비판적으로 검토해 보자.

근거로 서술되는 사항이 어떤가? 딱히 틀린 부분은 찾을 수 없다. 비행기와 자동차에 관해 말하는 부분이 사실 그대로이고, 유전자 조작 농산물도 위험성이 전혀 없지는 않지만 유전자 조작으로 병충해를 막아 농약을 안 치고도 기를 수 있다. 이것은 큰 장점으로 보인다.

근거와 결론의 연결은 어떤가? 유비 논법의 성립 여부는 유비가 결론을 이끌어 내기에 충분한가에 달려 있다. 두 가지가 유사해도 똑같지는 않은 이상 반드시 차이점이 있다. 이 차이점 때문에 유비 논법이 성립하지 못하는 경우가 없을까? 이를 검토해야 한다.

도움말 4 유비 논법에서는 서로 다른 점을 생각해야 한다.

비행기, 자동차와 유전자 조작 농산물의 차이점 가운데 이 유비 논법을 무너뜨릴 힘이 있는 것이 없을까? 비행기나 자동차가 누구나 매일 이용하는 탈것은 아니다. 유전자 조작 농산물은 사람이 유아기부터 평생에 걸쳐 늘 하는 식사와 연관된다. 이것이 큰 차이점이다. 이 점에 주목하면 예문 25에 드러나는 유비 논법에 대해 다음과 같이 비판할 수 있을 것이다.

✎ **문제 62 2) 예시 답안**

비행기나 자동차와 달리 유전자 조작 농산물은 사람이 늘 하는 식사와 연관된다. 유아기부터 평생에 걸쳐 유전자 조작 농산물을 먹었을 때 염려되는 위험성은 비행기나 자동차 이용에 따른 위험성보다 훨씬 심각하다. 그러므로 유전자 조작 농산물을 비행기나 자동차와 같은 선상에 놓고 논할 수는 없다.

이제 문제 62 3)을 검토해 보자. 반대하는 사람들은 유전자 조작 농산물을 허가하면 안 된다고 주장한다. 그들이 이렇게 주장하는 근거는 무엇인가? 위험성이 아예 없지는 않다는 근거는 이미 비판받았다. 그러므로 아직 비판하지 않은 근거를 생각해야 한다. 유전자 조작 농산물을 찬성하는 이들이 아직 비판하지 않은 근거 가운데 하나는 문제 62 2)의 예시 답안에 제시한 논증 비판에서 찾을 수 있다. 곧 유전자 조작 농산물은 심각한 위험을 불러일으킨다는 부분이다. 여기서는 단순히 위험성이 있을 수 있다고 말하는 게 아니다. 위험성이 심각하기 때문에 유전자 조작 농산물을 허가하지 말아야 한다는 것이다.

앞서 문제 62 2)의 예시 답안에 나온 찬성하는 이들의 논증에 대한 비판과 3)의 예시 답안, 즉 반대하는 이들의 논증을 더하면 예문 25에 대한 반론이 된다.

나도 사람이고,
준도 사람이야.
우리는 똑같아.
나는 라면하고 철도가 좋아.
그러니까 준도 라면하고
철도를 좋아하게 될 거야.

무슨 소리야?
두 사람 사이에는
큰 차이가 있다고!

비행기나 자동차보다 훨씬 심각한 위험을 불러일으킬 가능성을 부정할 수 없는 이상, 유전자 조작 농산물을 허가하면 안 된다.

마지막으로 한 가지 도움말을 더 이야기하고 싶다. 유전자 조작 농산물을 찬성하는 사람들은 농약을 안 치고도 작물을 키울 수 있다는 장점을 강조한다. 한편 반대하는 사람들은 유전자 조작 농산물의 위험성을 강조한다. 이렇게 어떤 사안에 관해 한쪽이 장점을 들어 찬성하고, 다른 쪽은 단점을 들어 반대하는 식의 논쟁을 종종 볼 수 있다.

문제 59에서 다룬 카지노 논쟁도 그렇다. 이런 논쟁에서는 종종 저마다 장점과 단점만을 끊임없이 내세운다. 카지노 건설의 경우 한쪽에서 '카지노는 경제적 효과가 있어서 긍정적'이라고 주장하고, 다른 쪽에서는 '도박에 의존하는 사람들이 늘어날 수 있어서 부정적'이라고 주장한다. 이러면 결말이 나지 않는 논쟁이 된다.

이럴 때는 저마다 주장하는 장점과 단점의 내용을 명확히 파악해서 장점이 얼마나 큰지, 단점에 대해서는 어떤 대처법이 있는지를 검토하고 장점과 단점을 비교해 결론을 내야 한다.

도움말 5 장점과 단점을 비교한다.

유전자 조작 농산물에 대해 찬성하는 사람과 반대하는 사람이 다음과 같이 대립한다고 해 보자.

✎ 예문 26

찬성하는 사람 유전자 조작 농산물은 농약을 안 치고도 작물을 키울 수 있다. 농약을 살포해서 생길 수 있는 환경 영향이 없다는 것은 큰 장점 이다. 그러므로 유전자 조작 농산물을 허가해야 한다.

반대하는 사람 유아기부터 일상적으로 유전자 조작 농산물을 섭취해도 안전하다는 사실이 완벽하게 입증되지 않았다. 게다가 계속 먹었을 때 염려되는 위험성이 매우 심각하다. 그러므로 유전자 조작 농산물을 허 가하면 안 된다.

찬성하는 사람이든 반대하는 사람이든 저마다 근거를 들어 주장 하는 건 좋지만 서로 상대의 논증은 무시하고 자기 의견만 내세운다. 이러면 논쟁의 결말이 나지 않는다. 상대의 의견에 단순히 반대할 게 아니라 반론해야 한다. 곧 상대의 논증을 비판적으로 검토한 다음 상 대의 주장과 대립하는 주장을 근거와 함께 서술해야 한다.

농약을 쓰지 않는다는 장점은 얼마나 효과가 있나? 농약을 쓴다는 단점은 어떤 영향을 미치며 이에 대해 어떤 대처법이 있을 수 있나? 유전자 조작 농산물의 안전성이 얼마나 검증되었나? 유전자 조작 농 산물의 장점과 단점으로 또 어떤 것들을 생각할 수 있나? 이런 사항 을 꼼꼼히 파악한 다음 장단점을 비교한다. 전문적인 지식과 조사도 필요할 수 있다.

하지만 이렇게 논의를 계속해도 의견이 더 갈라지면서 뭐가 '정답'인지 알 수 없게 될지도 모른다는 것이 논의의 어려움이다. 마지막에는 결단을 내려야 한다. 하지만 결단을 내리기 위해서라도 서로 반론하면서 깊이 논의해야 한다.

지금까지 다섯 가지 도움말을 제시했다. 이런 도움말은 더 늘어날 수도 있다. 그러나 반론의 법칙 같은 것을 찾고 싶은 마음에 이런 도움말을 잔뜩 외운들 도움이 되지는 않는다. 처음에는 도움말 1, 2만으로도 충분할 것이다. "정말일까?" 하고 의심하는 스위치를 켤 수 있어야 한다. 이런 경험을 꾸준히 쌓자.

1) 논증 구조를 명확히 파악하자.

2) 멈춰 서서 "정말일까?" 하고 묻는다.

3) 숨은 전제를 검토한다.

4) 유비 논법에서는 서로 다른 점을 생각해야 한다.

5) 장점과 단점을 비교한다.

3

자, 반론이다

몇 가지 문제로 연습해 보자. 언뜻 보기에도 설득력이 떨어지는 듯한 논증이라서 쉽게 논파할 수 있을 것 같지만, 반론을 잘하지 못하는 사람은 이렇게 설득력 없는 논증에도 제대로 반론하지 못하는 데 자괴감을 느낄지도 모른다. 그런 이들을 위해 생각의 실마리가 될 만한 문제를 계속 보면서 해설할 것이다. 잠시 반론을 생각한 다음, 해설의 도움을 받으면서 생각을 진전시키자.

🖋 문제 63

다음 주장에 대한 반론을 생각해 보자.

1) 스마트폰을 보면서 걸어 다니는 스몸비라는 것을 부정적으로 이야기하지만 딱히 법으로 금지하지는 않았기 때문에 언제 어디서 스마

트폰을 보며 걸어 다니든 자기 마음이다.

2) 하룻밤 벼락치기로 공부해도 단기 기억으로서 일시적으로 기억할 뿐이고 진정한 지식은 안 된다. 그래서 시험공부 같은 건 안 하는 편이 좋다.

3) 이번 인사이동에서 자네 아니면 내가 승진할 거야. 자네가 승진하면 내가 승진하지 못해. 그럼 나한테 큰 폐를 끼치게 되지. 자네도 어렸을 때부터 다른 사람에게 폐를 끼치면 안 된다고 배웠을 거야. 그러니 자네의 승진이 결정되어도 거절해야 해.

읽으면서 뭔가 이상하다는 생각이 들긴 하는데 뭐가 이상한지 명확하게 표현할 수 없어서 초조했을지도 모른다. 특히 누군가 자신만만하게 이야기하면 일단 그 태도에 기가 눌릴 수 있다. 냉정하게 분석하기 위해서라도 근거와 결론을 항목별로 적어 보면 좋다.

그리고 "정말일까?" 하고 의심하는 스위치를 켜고 '근거는 옳은가', '그 근거로부터 정말로 그 결론이 나오는가', '잘못된 전제가 숨어 있지 않은가' 하고 하나하나 비판적으로 검토한다. 그럼 한 문제씩 살펴보자.

1) 스마트폰을 보면서 걸어 다니는 스몸비라는 것을 부정적으로 이야기하지만 딱히 법으로 금지하지는 않았기 때문에 언제 어디서 스마트폰을 보며 걸어 다니든 자기 마음이다.

이 논증에서 근거와 결론을 찾아 써 보자.

근거 스마트폰을 보면서 걸어 다니는 것을 법으로 금지하지 않았다.
→ **결론** 언제 어디서든 스마트폰을 보며 걸어 다녀도 좋다.

제시한 근거는 옳다. 현재 걸어 다니며 스마트폰을 조작하는 게 법을 위반하는 사항은 아니다. 그러면 근거와 결론의 연결은 어떤가? 여기에는 숨은 전제가 있다.

1)의 논증에서 숨은 전제를 찾아 비판해 보자.

✏️ **문제 64 예시 답안**

1)의 논증에는 '위법이 아니니까 언제 어디서든 자유롭게 스마트폰을 써도 좋다'는 숨은 전제가 있다. 하지만 이 전제는 틀렸다. 법이 아니라도 예의에 어긋날 우려가 있어서 쓰지 않아야 할 때가 있다.

이 답안을 바탕으로 1)의 논증에 반론해 보자.

'반론'이란 상대방의 논증을 비판한 다음 자기 의견을 논증하는 것이다. '법을 어기는 게 아니기 때문에 걸으면서 스마트폰을 써도 좋다'는 논증을 비판한 다음, '걸으면서 스마트폰을 쓰면 안 된다'는 주장을 근거와 함께 서술해야 한다.

✎ 문제 63 1) 예시 답안

문제 64의 예시 답안에 다음을 더한다.

지하철역 승강장이나 사람의 통행이 많은 거리에서 스마트폰을 보면서 걸어 다니면 매우 위험하다. 따라서 이런 곳에서는 걸어 다니면서 스마트폰을 보지 말아야 한다.

2) 하룻밤 벼락치기로 공부해도 단기 기억으로서 일시적으로 기억할 뿐이고 진정한 지식은 안 된다. 그래서 시험공부 같은 건 안 하는 편이 좋다.

우선 이 논증에서 근거와 결론을 찾아 써 보자.

근거 벼락치기 공부는 진정한 지식이 안 된다.

→ **결론** 시험공부는 안 하는 게 좋다.

근거는 옳다고 보고, 여기서는 근거와 결론의 연결을 문제로 삼아

보자. 이 논증에도 숨은 전제가 있다.

🖋 문제 65

2)의 논증에서 숨은 전제 두 가지를 찾아 비판해 보자.

우선 '벼락치기 공부는 진정한 지식이 안 된다'에서 '시험공부는 진정한 지식이 안 된다'를 이끌어 내기 위해 '시험공부는 언제나 벼락치기'라는 전제를 감추고 있다.

벼락치기 공부는 진정한 지식이 안 된다.
→ 시험공부는 진정한 지식이 안 된다.
(숨은 전제 1: 시험공부는 늘 벼락치기다.)

그다음으로 '시험공부는 진정한 지식이 안 된다'에서 '시험공부는 안 하는 게 좋다'는 결론을 이끌어 내려면 '진정한 지식이 되지 않는다면 공부를 안 하는 게 좋다'는 전제가 필요하다.

시험공부는 진정한 지식이 안 된다.
→ 시험공부는 안 하는 게 좋다.
(숨은 전제 2: 진정한 지식이 되지 않는다면 공부는 안 하는 게 좋다.)

2)의 논증에는 다음의 두 전제가 있다.

전제 1 시험공부는 늘 벼락치기다.

전제 2 진정한 지식이 되지 않는다면 공부는 안 하는 게 좋다.

이렇게 숨은 전제를 찾아 써 보면 어떤 지점을 비판해야 하는지를 쉽게 파악할 수 있을 것이다. 전제 1에 대해서는 모든 사람이 늘 벼락치기로 시험공부를 하지는 않는다고 이야기할 수 있다. 시험을 대비해 평소 시간을 들여 공부하기도 한다. 전제 2도 명백한 과장이다. 배운 것을 진정한 지식으로 만들면 가장 좋겠지만, 진정한 지식이 안 돼도 합격을 위해 벼락치기로 공부해야만 하는 때도 있다.

이 논증에 대한 비판을 바탕으로 2)의 주장에 반론한다. 그런데 예시 답안을 살펴보기 전에 주의해야 할 점이 하나 있다. 지금 반론하려는 주장인 '시험공부는 안 하는 게 좋다'와 대립하는 주장이 뭘까? 이에 대해 '시험공부는 하는 게 좋다'라고 답할 사람이 많을 것이다. 이 주장으로 반론해도 물론 괜찮다. 하지만 또 다른 형식의 주장으로 반론할 수도 있다. 상대가 '안 하는 게 좋다'고 하니 '해도 좋다'고 반론하는 것이다. '시험공부는 해도 좋다'는 주장이 '시험공부는 하는 게 좋다'보다 소극적이라서 근거를 더 쉽게 생각할 수 있다.

이 논증에는 '시험공부는 늘 벼락치기'라는 전제가 있다. 하지만 이 전제는 옳지 않다. 시간을 더 들여 공부하기도 한다. 또 '진정한 지식이 되지 않는다면 공부는 안 하는 게 좋다'는 전제 역시 옳지 않다. 진정한 지식은 안 돼도 합격하기 위해 시험공부를 해야 할 때도 있다. 따라서 시험공부를 하는 것도 인정해야 한다.

3) 이번 인사이동에서 자네 아니면 내가 승진할 거야. 자네가 승진하면 내가 승진하지 못해. 그럼 나한테 큰 폐를 끼치게 되지. 자네도 어렸을 때부터 다른 사람에게 폐를 끼치면 안 된다고 배웠을 거야. 그러니까 자네의 승진이 결정되어도 거절해야 해.

터무니없는 논증이다. 실제로 이런 경우를 접할 때는 "말도 안 되는 소리 하지 마세요." 하고 일축해 버리면 그만이겠지만, 연습으로 생각하고 진지하게 반론해 보자.

우선 냉정하게 대처하기 위해 근거와 결론을 항목별로 적어 보자. 3)의 논증은 '자네가 승진하면 내가 승진하지 못한다. 그러면 나한테 큰 폐가 된다.' 그리고 '다른 사람에게 폐를 끼치면 안 된다.' 등 두 가지 근거로 이루어져 있다. 이 두 근거를 합쳐서 결론을 이끌어 낸다.

근거 1 자네가 승진하면 내가 승진하지 못해서 내게 큰 폐가 된다.

근거 2 다른 사람에게 폐를 끼치면 안 된다.

→ **결론** 자네의 승진이 결정되어도 거절해야 한다.

'폐를 끼친다'는 말의 뜻이 '상대에게 불이익이 될 만한 행동을 한다'라고 해서 '다른 사람에게 폐를 끼치면 안 된다'는 원칙을 아무런 제한 없이 적용한다면 어떻게 될까? 3)의 논증은 그야말로 이 원칙을 아무 제한 없이 적용한 결과다. 무조건 '다른 사람에게 폐를 끼치면 안 된다'고 단언하는 건 지나치다.

✎ **문제 66**

'다른 사람에게 폐를 끼치면 안 된다'는 주장이 지나치다는 점을 지적해 보자.

사람이 아무 폐를 끼치지 않고 살 수는 없다. 정당한 이유가 있다면 다른 사람에게 폐를 끼쳐도 어쩔 수 없다. 그럼 앞의 경우에는 그 이유가 뭘까?

✎ **문제 66 예시 답안**

아무 이유 없이 다른 사람에게 폐를 끼치면 안 되지만, 정당한 이유가 있다면 그럴 수 있다. 일반적으로 경쟁 상황에서는 패배한 사람이 불이익을 받게 될 텐데, 경쟁인 이상 어쩔 수 없다. 그러므로 승진할 자리를 두고 경쟁하는 상황에서 '다른 사람에게 폐를 끼치면 안 된다'는 주장은 적절하지 않다.

또는 다음과 같이 논할 수도 있다. "내 승진은 자네에게 폐가 되고, 자네 승진은 나한테 폐가 되지. 피차 마찬가지야. 그러니까 자네가 나한테 승진을 거절하라고 강요하면, 나도 자네한테 승진을 거절하라고 강요할 수 있어."

여기까지는 논증에 대한 비판이다. 한 발 더 나아가, 대립하는 주장을 근거와 함께 서술해 반론을 완성해 보자. 이때 대립하는 주장은 '승진이 결정되었을 때 내가 거절하지 않아도 된다'는 것이다. 너무 당연해서 굳이 근거를 찾기가 어려울 수도 있다. 하지만 근거와 함께 대립하는 주장을 서술하는 반론 형식을 연습하기 위해, 당연해 보이는 근거라도 반드시 같이 서술해 보자.

✍ **문제 63 3) 예시 답안**

문제 66의 예시 답안에 다음을 더한다.

나는 승진할 권리가 있고, 회사의 임명을 받을 의무도 있다. 따라서 승진이 정해졌을 때 거절할 이유가 없다.

✍ **예문 27**

키가 큰 아이가 있나 하면 작은 아이도 있다. 이는 개성이지 우열을 가릴 문제가 아니다. 이와 마찬가지로 빨리 달리는 아이가 있나 하면 잘 달리지 못하는 아이도 있다. 이 또한 개성이다. 그러므로 운동회 달리기경주에서 순위를 매기면 안 된다.

✎ **문제 67**

예문 27의 주장에 대한 반론을 생각해 보자.

'달리기경주에서 순위를 매기면 안 된다'는 주장에 찬성하는 사람이 있을 것이다. 그런 사람은 예문 27의 주장에 대한 반론을 생각해 내기가 힘들지도 모른다. 하지만 생각하지 못하는 건 오히려 위험하다. 찬성하는 의견에 반론하지 못하면 그저 독선이 되고 만다. '나는 이렇게 생각하는데, 이에 대해 어떤 반론을 할 수 있을까?' 하고 다양한 반론을 생각하며 확인해야 한다. 그러면서 내 생각이 더 설득력을 갖게 된다.

반론을 생각하는 연습은 단순히 상대를 쓰러뜨리기 위한 것이 아니다. 독선적으로 사고하지 않으려면, 반론하는 힘을 기르고 그럼으로써 무엇보다 자기 자신에 대해 반론할 수 있어야 한다.

그럼 예문 27을 검토해 보자. 우선 근거와 결론을 찾는다. 이때 숨은 전제가 있는지도 확인해야 한다.

근거 1 키는 개성이지 우열을 가릴 문제가 아니다.

근거 2 빨리 달리는 능력도 키와 마찬가지로 개성이다.

→ **결론** 달리기경주에서 순위를 매기면 안 된다.

키를 두고 우열을 가리는 게 이상함을 상대가 인정하게 하고 개인별 키 차이와 달리기 속도 차이가 유사함을 들어 달리기경주에 순위를 매기면 안 된다고 결론 내리고 있다.

맞다. 이것은 유비 논법이다. 유비 논법을 다룰 때는 도움말 4(147쪽)를 기억하자. 유비 논법을 무너뜨릴 만한 차이점이 있지 않을까?

✍ **문제 68**

개인별 키 차이와 달리기 속도 차이가 다른 점을 생각해서 이를 바탕으
로 예문 27의 논증을 비판해 보자.

조금 다른 이야기지만, 올림픽에 키로 경쟁하는 종목은 없다. 이
유가 뭘까? 이런 대답을 생각해 볼 수 있다. 키 측정기 위에서 열심히
노력하고 좋은 기록을 내지는 않는다. 또 키와 평소의 노력 사이에
인과관계가 아주 없다고는 할 수 없지만 그렇게 큰 관계가 있지도 않
을 것이다. 하지만 달리기는 평소 노력이 큰 영향을 미치고, 경기에
서 얼마나 열심히 했는지도 결과에 크게 반영된다. 이것이 정해진 거
리를 달리는 경기가 올림픽 종목이 될 수 있는 이유다.

물론 얼마나 빨리 달리느냐는 선천적인 조건이 작용하겠지만 키보
다는 후천적인 원인이 훨씬 크다고 할 수 있다. 이 사실은 달리기경주
의 경우에도 논증이 성립하느냐를 좌우하는 차이점이 될 수 있다.

✍ **문제 68 예시 답안**

키를 잴 때 애를 쓴다고 해서 좋은 기록이 나오지는 않는다. 또 평소의
노력이 큰 영향을 미치지도 않는다. 그러나 달리기는 경기할 때 얼마나
노력했는가에 따라 기록이 달라지며 평소 기록도 큰 영향을 미친다. 이
런 차이점은 우열을 논할 때 매우 중요한 사항이기 때문에, 키에 우열
을 두면 안 된다는 것을 근거로 달리기경주도 순위를 매기면 안 된다는

결론을 낼 수는 없다.

그럼 이를 바탕으로 예문 27에 반론해 보자. 지금 제시한 문제 68 예시 답안은 논증에 대한 비판이다. 이를 반론으로서 다듬으려면 상대와 대립하는 주장을 근거와 함께 서술해야 한다. 우선 '달리기경주에서 순위를 매기면 안 된다'에 대립하는 주장을 생각해 보자. 두 가지 주장이 가능하다.

'달리기경주에서 순위를 매기면 안 된다'와 대립하는 주장

　ⅰ) 달리기경주에서 순위를 매겨야 한다.

　ⅱ) 달리기경주에서 순위를 매겨도 된다.

어느 주장으로 반론해도 좋다. 소극적인 주장이 근거를 제시하기 쉬우니까, '달리기경주에서 순위를 매겨도 된다'는 주장으로 반론해 보자.

'달리기경주에서 순위를 매겨도 된다'는 주장의 근거로는 어떤 것을 생각할 수 있을까? 운동회를 하는 목적이 뭘까? 운동회에 포함된 몇 가지 요소(173쪽, 5부의 예문 18을 떠올려 보자.) 가운데 게임을 통해 어린이들에게 운동에 대한 관심을 높이고 운동 동기를 불어넣는 것이 있다. 그리고 여러 게임에서 승패가 갈린다. 그렇다면 이 사실이 '달리기경주에서 순위를 매겨도 된다'는 주장의 근거가 되지 않을까?

문제 68의 예시 답안에 다음을 더한다.

운동회의 목적 가운데 하나는 게임을 통해 어린이들에게 운동에 대한 관심을 높이고 운동 동기를 불어넣는 것이다. 달리기경주도 이런 게임 가운데 하나다. 따라서 카드놀이나 보드게임, 장기처럼 달리기경주에도 승패가 있어도 된다.

이 반론을 재반론할 수도 있다. 문제 67 예시 답안은 카드놀이나 보드게임, 장기 등과 달리기경주의 유사성에 호소하는 유비 논법이다. 그럼 카드놀이 같은 게임과 달리기경주 사이의 차이점이 문제가 된다. 문제 67 예시 답안의 논증을 성립하게 하는 차이점으로 뭐가 있을까?

이런 차이점을 지적할 수 있다. 카드놀이는 하고 싶은 사람이 하면 된다. 하지만 달리기경주는 모든 학생이 강제적으로 참여해야 한다. 참여하고 싶지 않아도 참여해야 하는 데다 질 수도 있다. 이런 경주의 교육적 효과가 뭘까?

일단 여기까지 하자. 우리의 목적은 달리기경주에 관한 논쟁의 결말을 내려는 것이 아니다. 논의는 계속 이어질 것이다. 그리고 언어력을 단련하기 위한 연습도 계속 이어질 것이다. 하지만 내가 준비한 언어 수업은 이쯤에서 마치겠다.

마치며

우리가 서로를 완벽하게 이해할 수는 없다. 이것은 당연한 사실이다. 다른 사람의 말을 완벽하게 이해할 수 없고, 내 말을 다른 사람에게 완벽하게 전달할 수도 없다. 하지만 '정녕 서로를 이해할 수 있는 방법은 없는가' 하고 한탄할 필요는 없다. 서로를 완전하게 이해할 수 있다는 생각은 환상이다. 이 환상은 이해하지 못하는 상대를 배제하는 힘으로 작동할 수 있는 위험한 것이기도 하다. 그러나 서로 이해하지 못한다고 포기하고 애초부터 이해하려는 노력을 기울이지 않는 것이 더 위험하다.

하지만 우리는 완벽하지는 않아도 서로를 이해할 수 있다. 그리고 서로 조금이라도 이해할 수 있다는 사실을 기쁘게 여겨야 한다. '서로를 이해한다'는 것에는 이해와 수긍이라는 두 가지 요소가 있다. 수긍하려면 이해해야만 한다. 하지만 이해했다고 해서 수긍할 수 있는 것은 아니다. 말뜻을 이해해도 동의할 수 없는 경우가 많기 때문이다.

　서로 이해하기도 어렵지만 수긍하기란 더욱 어렵다. 또한 모두가 서로를 완벽히 수긍하는 게 바람직하지만도 않다. 모두가 똑같이 생각하고 똑같이 동의하는 상황은 무척 위험할 수 있으며 다양한 생각이 있는 편이 건강하다. 물론 '각자 생각이 다를 수밖에 없다'고 생각하고 끝내도 안 된다. 합의하지 못하면 함께 뭔가를 할 수 없는 경우도 많다. 생각의 다양성을 존중하면서도 서로 양보하고 다가서려는 노력이 필요하다. 각자 생각이 다르다고 끝내 버리면 내 생각을 심화할 수도, 개선할 수도 없다. 또한 새로운 생각의 실마리를 얻지도 못할 것이다. 그러므로 내 생각에 수긍하지 못하는 타인이나 내가 수긍할 수 없는 의견을 말하는 타인을 만났을 때 어려운 일이지만 등을 돌리지 말고 서로 노력을 기울여야 한다. 조금이라도 서로 수긍할 수 있는 방향으로 나아간다면 무척 기쁜 일이다.

　서로 이해하려는 노력, 이를 뒷받침하는 것이 말의 힘이다. 본문에서 말했듯이 여기에는 부정적인 나선형 구조와 긍정적인 나선형 구조가 있다. 말의 힘이 부족하면 서로를 이해하기가 매우 힘들고 이해하려는 노력을 바로 포기하게 된다. 그러면 언어력도 길러지지 않는다. 이런 식으로 부정적인 나선형 구조에 빠지는 것이다. 한편 서로를 이해하려는 강한 의지를 갖고 말의 힘을 키워 나갈수록 서로를 이해하려는 노력도 힘이 덜 들게 된다. 그리고 힘이 덜 들수록 더욱더

서로를 이해하려고 노력하게 된다. 그럼 언어력도 점점 더 세진다. 그리고 긍정적인 나선형 구조가 만들어진다.

부정적인 나선형 구조에 빠지지 말고 긍정적인 나선형 구조를 지향하자. 첫걸음은 아주 사소할 수 있다. 그 첫걸음을 떼게 하는 것, 긍정적인 나선 쪽으로 등을 살짝 떠미는 것. 이것이 언어 수업의 목적이었다. 첫머리에서 내가 이 책을 수영 연습에 비유했다. 자, 이제 수영장을 나와 바다로 가자. 앞으로는 바다에서 직접 헤엄치며 공부해야 한다. 훌륭한 선수가 되어 멋지게 수영하기를 바란다.

2018년 초여름

梶井厚志, 『故事成語でわかる経済学のキーワード』 (주코신서).

窪薗晴夫, 「ママは昔パパだったのか—五十音図の秘密」, 中島平三 엮음, 『ことばのおもしろ事典』 (아사쿠라쇼텐).

菊池直恵, 『鉄子の旅 6』 (쇼가쿠칸).

玉木正之, 『スポーツとは何か』 (고단샤현대신서).

玉手英夫, 『クマに会ったらどうするか』 (이와나미신서).

田守育啓, 「臨場感を醸し出す魔法のことば!」, 中島平三 엮음, 『ことばのおもしろ事典』 (아사쿠라쇼텐).

武村雅之, 『地震と防災』 (주코신서).

竹内聖一, 「コミュニケーションとしてのケア」, 金井淑子・竹内聖一 엮음, 『ケアの始まる場所』 (나카니시야출판).

土井隆義, 『友だち地獄』 (지쿠마신서).

村上道夫・井孝志・小野恭子・岸本充生, 『基準値のからくり』 (고단샤블루백스).

宮田眞治・畠山寛・濱中春 편저, 『ドイツ文化55のキーワード』 (미네르바쇼보) 중 53 「ソーセージとケバブ」 (岡本和子), 54 「ビール」 (畠山寛), 아사히맥주 공식 사이트 「世界のビールの歴史」 (2017년 12월 열람).

坂口幸弘, 『死別の悲しみに向き合う』 (고단샤현대신서).

鈴木真二, 「あんなに重い飛行機が, なぜ, 軽々と空を飛べるのか?」 (웹사이트 「夢ナビ大学教授がキミを学問の世界へナビゲート」, 강의 NO. 02170).

下條信輔, 『サブリミナル・インパクト』 (지쿠마신서).

山内志朗, 「好きになるってどんなこと—: 自分の世界にデビューすること」, 野矢茂樹 엮음, 『子どもの難問』 (주오코론신샤).

大澤真幸, 「食: をめぐる葛藤の弁証法的解決」, 『本』 2017년 2월호(고단샤).

太田聰一・橘木俊詔, 『労働経済学入門』 (유히가쿠).

稲垣栄洋, 『蝶々はなぜ菜の葉にとまるのか』 (가도카와소피아문고).

伊勢田哲治・戸田山和久・調麻佐志・村上祐子 엮음, 『科学技術をよく考える』 (나고야대학출판부).

橋場弦, 「古代オリンピック: ギリシア人の祝祭と身体」, 橋場弦・村田奈々子 엮음, 『学問としてのオリンピック』 (야마카와출판사).

八太昭道, 『新版ごみから地球を考える』 (이와나미주니어신서).

藤井建夫, 「発酵と腐敗を分けるもの: くさや, 塩辛, ふなずしについて」 (『日本醸造協会誌』 106권 4호).

日高敏隆, 『動物にとって社会とはなにか』 (고단샤학술문고).

어떤 물음에
답하는 글인가

글은 크게 두 가지로 나눌 수 있다. 말하고 싶은 게 있는 글과 딱히 말하고 싶은 게 없는 글이다. 예를 들어, 학술 논문은 반드시 말하고 싶은 게 있으며 일할 때 쓰는 기획서도 말하고 싶은 게 있다. 감자조림 요리법도 '맛있는 감자조림 쉽게 만드는 법'을 말하고 싶어 한다. 한편 말하고 싶은 게 없는 글 또는 말하고 싶은 게 없지는 않은데 분명하게 드러나지 않는 글도 많다. 문학적인 글이 대개 그럴 것이다. 일반적으로 소설에는 말하고 싶은 게 분명하게 쓰여 있지 않다. 사전이나 교과서에서도 뭔가에 대해 사실을 서술하지만 딱히 말하려는 게 있지는 않다. 굳이 따지자면, 쓰여 있는 모든 것을 말하고 싶어 하니 독자는 거기서 자신의 관심사에 따라 필요한 정보를 찾으면 된다. 부담스럽지 않은 생활 수필도 보통은 딱히 말하려는 게 없다.

일단 이렇게 글을 나눈 다음, 말하고 싶은 게 있는 글을 쓰는 방법에 관해 한 가지 조언을 하고 싶다. 하지만 글에 꼭 말하고 싶은 게 있어야 한다는 뜻은 아니다. 앞에서 예로 든 소설, 사전, 교과서는 말할 것도 없고 수필도 가치가 있다. 이런 글들을 배제하려는 게 아니다. 딱히 말하고 싶은 게 없는 글은 여기서 다루지 않겠다는 뜻이다.

말하고 싶은 게 있는 글은 그것을 상대에게 적확하게 전달해야 한다. 하지만 글을 읽거나 듣는 상대에게 그것이 반드시 도달한다는 법은 없다. 아마 지금 이 글을 읽는 이들도 이렇게 생각한 적이 있을 것이다. '내 말을 제대로 이해해 주지 않는다.' 사실 사람들은 다른 뜻으로 해석하거나 핵심을 다르게 보거나 애초에 무관심하게 흘려버릴 뿐이다. 전달하려는 것을 분명하고 적확하게 상대에게 전달하는 글, 이런 글을 '뜻이 잘 통하는 글'이라고 한다. 그럼 뜻이 잘 통하는 글을 쓰려면 어떻게 해야 할까?

머리로는 다 안다는 사람도 있을 것이다. 필요한 것을 분명히 적고 쓸데없는 것은 적지 않으며 애매한 표현을 피하고 명확하게 표현한다. 특히 상대가 이해할 수 없는 표현을 쓰지 않도록 충분히 배려한다. 하지만 이대로 실천하기란 쉽지 않다고 한다.

맞는 말이다. 이런 사항들을 다 아는 것만으로는 부족하다. 뜻이 잘 통하는 글을 쓰기 위해 꼭 알아 두어야 할 사항이 지금 이야기한 것들만은 아니다. 아주 중요한 핵심이 적어도 한 가지 있다. 그게 뭘까? 간과하기 쉽다고 보기 때문에 여기에서 그것에 대해 조언하려고 한다. 말을 끊지 말고 얼른 하라고 재촉하고 싶을 것이다. 그렇게 반응한다면 내 예상대로다. 그리고 내 조언은 바로 상대와 질문을 공유해야 한다는 것이다. 내가 말하고 싶은 것을 쓰기 전에 그것이 답이 될 만한 질문을 읽는 사람과 공유해야 한다. 이것이 글을 쓸 때 무엇보다, 즉 지나치거나 모자라지 않고 명확하게 상대와 이야기를 나누듯 쓰는 것보다 더 중요하다.

상대도 질문을 공유해야 한다. 나는 상대가 질문을 공유하게 하는 것이 얼마나 중요한지를 대학에서 학생들을 가르치면서 실감했다. 대학에서 철학을 가르치는 내가 시간론을 강의한다고 해 보자. 물론 나는 중요하다고 생각하는 사항을 이야기하지만, 이해하기 쉽고 명석하게 전해야 한다고 신경 쓰기 전에 학생들이 듣고 싶게 하지 않으면 소용이 없다. 들을 마음이 없다면 내 말을 듣지 않고 졸거나 스마트폰을 들여다볼 것이다. 또는 들어도 머리에 아무것도 남지 않을 것이다. 이는 목이 마르지 않은 사람에게 물을 대접해도 고마워하지 않는 것과 마찬가지다. 반면에, 배가 고프면 식은 밥 한 덩이라도 그보다 더 맛있는 게 없다. 그러니 아무것도 아닌 차가운 주먹밥밖에 못 주는 나로서는 어떻게든 학생들이 지적 배고픔을 느끼게 해야 한다. "시간이 흐른다고 말하는데, 그 흐름이 얼마나 빠를까?" 하고 묻든가 시간이 흐른다는 사실을 부정하는 논의를 가져다 시간이 흐른다는 우리의 직감과 부딪히게 만들고 이를 흔든다. 그러면 어느 정도 속세와 떨어진 대학이라는 곳에서 상당히 속세와 떨어져 있는 철학이라는 수업을 선택한 학생들이 조금은 '그렇구나. 어떻게 생각해야 좋을까?' 하는 마음이 들 것으로 기대하게 된다.

내 수업의 성공 여부는 일단 제쳐 두자. 내가 아무리 중요하게 생각하는 것이라도 상대가 들을 마음이 없다면 전달되지 않는다. 그래서 무엇보다 먼저 내가 말하려는 게 답이 될 만한 질문을 듣는 사람이나 읽는 사람이 쉽게 떠올릴 수 있게 하는 방법을 고민해야 한다. 나는 학생들에게 리포트 쓰는 법을 가르치면서 이렇게 강조한다. 학생들은 이제까지 답안을 쓰는 훈련만 했다. 새삼 말할 필요가 없지만 답안에는 오로지 문제에 대한 답만 적어야 한다. 그래서 리포트도 답만 쓰려고 하는 경우가 많다. 하지만 리포트는 그것만으로 충분하지 않다. 스스로 문제를 만들고 그 문제에 대한 답을 서술해야 한다. 게다가 읽을 마음이 들게 하는 리포트를 쓰려면 읽는 사람도 그 문제 속으로 끌어들여야 한다. 그래서 문제의 배경을 서술하며 문제의 중요성을 설득력 있게 제시할 필요가 있다. 말하고 싶은 것을 쓰기 전에 해야 할 준비가 꽤 된다.

문제를 만들고 읽는 사람을 그 문제에 끌어들이는 데 어느 정도 성공했다고 하자. 이제 답을 쓸 차례다. 예를 들어, '뜻이 잘 통하는 글을 쓰려면 어떻게 해야 하는가'를 문제로 내세웠다고 해 보자. 나는 이제 '문제와 답이라는 구조를 갖추게 해야 한다'고 조언하고 싶다. 문제를 제시한 다음 바로 답을 쓰면 글이 완성될까? 자기 나름대로 공을 들여 질문을 공유하게 하고, 드디어 답을 쓰는 단계에 들어

서서 한마디 적은 다음 끝을 맺는다. 하지만 뜻대로 쉽게 되지는 않는다.

'뜻이 잘 통하는 글을 쓰려면 글이 문제와 답이라는 구조를 갖추게 해야 한다'고 했다. 하지만 사람들이 이 문장만 보고 바로 '아, 그렇구나.' 하고 수긍하지는 않을 것이다. 누구나 아는 사실은 다시 주장할 필요가 없다. 뭔가를 주장할 때는 그 주장을 이해해 주지 않는 타인을 가정한다. 곧 이해해 주지 않으며, 이해한다고 해도 곧장 수긍해 주지 않는 사람이다. 이런 상대를 설정한 채 자기주장을 돌아보자. 그러면 그 주장에 대해 몇 가지 의문이 생길지도 모른다.

의미를 구하는 질문, 'A'라고 주장했다고 하자. 하지만 아직 충분히 이해해 주지 않는 듯하다. 이때 듣거나 읽는 사람이 'A란 무엇인가?' 하고 물을 것이다. 이때 'A'라는 주장의 의미를 알기 쉽게 다시 설명해야 한다.

근거를 구하는 질문, 'A'라고 말한 뜻을 잘 알아도 수긍하지 않을 가능성이 있다. 이때 '왜 A라고 할 수 있는가?'라는 질문이 나올 것이다. 이때는 'A'라는 주장의 근거를 제시해야 한다.

이론(異論)의 가능성, 'A'와 대립하는 의견이 나올 수도 있다. 'A가 아니라 B라고 생각할 수는 없는가?' 이론이 제기될 가능성이 있다면, 그 이론에 대한 비판을 더해야 한다.

논의 전개에 대한 독촉, 'A'라는 주장을 충분히 이해시키고 근거를 제시했으며 이론에 대해 비판하기도 했다고 하자. 그럼 이번에는 '이제 어떻게 되는가?' 하고 앞으로 전개되는 상황을 독촉할 수 있다.

'무슨 뜻인가?' '왜?' '그 주장은 아닌 것 같다.' '앞으로 어떻게 되나?' 자기 글에 대해 이런 타자의 목소리가 들리는가? 들리지 않는 사람은 혼잣말을 중얼거리는 듯한 글밖에 쓸 수 없을 것이다. 사실 이 지점에서 글을 쓸 수 있는 사람과 쓸 수 없는 사람이 갈라진다.

우선 글 전체의 방향을 보여 주는 문제를 제시한다. 그리고 그 문제에 대한 답을 써 나간다. 그런데 뭔가를 쓰면 그것이 또 새로운 문제를 만들어 낼 수 있다. 이렇게 문제와 답의 연쇄가 이루어져 간다. 문제가 답을 이끌어 내고, 그 답이 새로운 문제를 만들면서 글에 원동력이 깃든다. 뜻이 잘 통하는 글이란 이 연쇄가 부드럽고도 긴밀하게 짜인 글이다.

그러면 이 글은 어땠을까? 나는 과연 뜻이 잘 통하는 글을 썼을까? 새삼 두려워진다. 그러니 다시 읽어 봐야겠다.

「가쿠토(學鐙)」 제115권 1호, 마루젠출판, 2018.

후기

　　　　　　이 책은 내가 중학교 국어 교과서 집필
에 참여하면서부터 시작되었다. 나는 일찍이 『논리 트레이닝』(현재
는 개정판)과 『논리 트레이닝 101제』라는 책을 세상에 내놓았다. 국어
교과서 작업도 그 연장선상에 있었지만, 중학생을 위한 교과서를 만
드는 과정에서 정말로 기본적인 부분부터 배우는 힘을 익혀야 한다
는 사실을 통감했다. 그리고 어른들도 그렇게 배워야 한다는 생각이
강해졌다. 그래서 이 책을 내는 지금, 교과서 작업을 같이 한 분들에
게 고맙다. 편집위원회 선생님들의 이름을 여기 적어 두고 싶다. 나
카니시 가즈히코(中西一彦), 바바 마코토(馬場誠), 후지모토 리사(藤本梨
紗), 야다 쓰토무(矢田勉), 야마다 게이이치(山田圭一), 야마다 스스무(山田
進). 여러 분의 작업 덕에 이 책이 나올 수 있었다. 물론 이 책을 쓸 때
도와주신 분들도 있다. 먼저, 담당 편집자 분이 원고를 읽고 모든 문

제를 풀면서 매우 세세하게 조언해 주었다. 나는 그 의견을 참고해 두 차례 이상 원고를 고쳐 썼다. 그렇게 꼼꼼한 확인과 지적이 없었다면, 이 책은 제대로 꼴을 갖추지 못했을 것이다. 또 나카지마 히토미 선생은 내가 쓴 글에 꼭 맞는, 어쩌면 내가 생각한 것보다 더 훌륭한 등장인물들을 그려 주었다.

자, 한번 시작해 보자.

오래전 7차 교육 과정의 『국어생활』이 라는 교과서 편집을 맡으며 사회생활을 시작한 나에게 '말하기와 글 쓰기를 되돌아보고 개선하게 해 주는 책'은 오랜 꿈과 같은 존재였 다. 알다시피 교과서란 읽기 싫어도 읽어야 하고, 읽으면 외워야 하 고, 외운 다음에는 그 내용을 숙지하고 잘 비판할 수 있는지는 둘째 치고 문제 풀이에 들어가야 하고, 그러다 보면 도리어 '국어'니 '문 학'에 흥미를 잃어버리게 만드는 책에 가깝다. 그 전의 교육 과정과 아무리 차별화되는 교과서라고는 하나 내가 만든 책도 결국 '위의 지 침'에 따라 만들어졌으며, 돌이켜보면 '국어'와 '생활'이 각각 분리되 어 있는 것과 마찬가지였다.

그렇다면 교과서 업계 밖에서 그런 책을 만들 수 있지 않을까 했지 만 필자 선정에서부터 벽에 부딪히기 일쑤였다. 당시 나는 필자들에

게 "당신의 아드님이나 따님에게 이야기하듯이 써주세요"라는 부탁
을 많이 했는데 다들 머리로는 이게 무슨 말인 줄 알고 계셨다. 하지
만 늘 써 버릇하던 문체와 지식수준을 백지로 돌리고, 독자(청소년)
의 자리에 선다는 게 어떤 경험인지 생각도 해 보지 않은 분들이 많
았으며 그렇기에 그 작업에 부닥치자마자 포기하는 분들도 있었다.
자신만의 글을 쓰기 위해 적어도 십수 년간을 공부에 바치고 일가를
이룬 이후에는 저서뿐만 아니라 신문이나 잡지에 어떤 글을 쓰든 늘
읽어 줄 독자가 있었던 그분들에게 내가 얼마나 무리한 요구를 했는
지 깨닫기까지는 오랜 시간이 걸리지 않았다. 글이란, 책이란 것은
아는 사람이 아니면 절대로 쓸 수 없다. 이미 그 길을 가본 사람만이
뒷사람을 위해 표지판을 그려줄 수 있다. 글쓰기에 관한 책 역시 마
찬가지 아닌가, 누구나 표지판을 세울 필요는 없지만 어떤 사람은 이
런 작업을 해야 하지 않나, 이게 정말 그토록 어렵고 힘겨운 일인가
하는 의문은 그 뒤 내가 번역을 하게 된 이후에도 가슴 한구석에 가
라앉아 있었다.

그렇기에 2017년 일본에서 베스트셀러 대열에 든 이 책의 첫머리
를 읽는 순간 내가 오랜 시간 해왔던 생각과 같은 방향에서 쓰였다는
사실을 알게 되었다. 이 책은 무엇보다 '상대방의 자리에서 생각해야
한다'는 사실을 명확하게 밝히고 시작한다. 똑같은 주제로 글을 쓰더
라도 독자가 조금이라도 더 쉽고 명확하게 읽기를 바라며 쓴 글과 자
신이 하고자 하는 말에만 몰두한 글은 다를 수밖에 없다. 이 책은 전

자의 마음에서 비롯한 말하기와 글쓰기가 얼마나 중요한가, 그것이 어떻게 언어생활을 바꿀 수 있는가를 말하며 그 변화를 위해 어떤 준비가 필요한지 예문과 문제를 통해 차근차근 생각하게 만든다. "당신이 왜 막막해하는지 알 것 같습니다. 우선 상대방의 자리에서 생각해 봅시다. '나'는 '상대'가 모르는 것을 알고 있습니다. 이를 설명하려고 합니다. 어떻게 하면 좋을까요? 글을 쓰기 전에, 무언가를 설명하기 전에 '상대'에 관해 생각해 본 적이 있습니까?" 책 전체를 관통하는 저자의 이런 태도는 내가 오랫동안 찾아 헤매던 것이었기에 언뜻 지루하고 힘들어 보일 수 있는 '말하기'와 '글쓰기'에 관한 책이지만 꼭 소개하고 싶었다.

이 책만 읽으면 말하기와 글쓰기의 달인이 된다고 이야기할 생각은 전혀 없다. 이는 누구에게나 쉽지 않은 과정이다. 실제로 이 책은 「들어가며」에서부터 '내 언어생활의 어느 부분이 문제인가'를 맞닥뜨리게 만든다. 여러분도 저자가 제시하는 문제들이 당혹스러울지 모른다. '이 정도면 고등학생들에게 잘 설명한 것 같은데? 어떤 접속 표현이 문제인지 도저히 못 찾겠는데? 분명 이 글은 이상해. 그런데 어디가 이상하지? 왜 딱 부러지게 설명을 못하는 걸까?' 하지만 이런 어려움에 처해 보라는 것이 저자의 의도이니 그런 당혹감과 마주할수록 한 걸음씩 잘 나아가고 있다고 격려해 주고 싶다.

또한 '단어 하나 바꿨을 뿐인데' 말의 힘을 실감하게 되는 경우는 누구나 경험할 수 있고, 그런 경험이 하나둘 쌓일수록 이 책에서 말하는 '긍정적인 나선형 구조'는 더 큰 원을 그리게 된다. 그러다 보면 마치 숨 쉬는 것처럼 자연스러워서 미처 몰랐던 내 말과 글이 어느 순간 크게 변화했음을 실감할 것이다. 모든 기술에는 단련하는 과정이 있는 법이고 이제나저제나 조바심내지 않더라도 꾸준히 그 과정을 계속해 나가면 변화의 순간은 반드시 온다. 이는 말과 글도 마찬가지다.

우리는 지금 그 어느 때보다도 많은 말과 글에 둘러싸여 산다. 인터넷과 스마트폰을 쓰면서 뉴스를 읽지 않거나 인터넷에 간단한 문장을 끼적이지 않는 사람은 없을 것이다. 그런데 이렇게 누구나 쉽사리 말하고 글을 쓰는 환경이 더 나은 말하기와 글쓰기에 도움이 되기보다 말과 글에 쉽게 염증을 느끼게 한다는 것도 부인할 수 없는 사실 같다. 하지만 그럴수록 내 의사를 더욱 잘 전달할 기술이 필요하지 않을까? 모니터와 휴대전화 액정 너머에 분명히 존재하는 '상대'를 더욱 의식해야 하지 않을까? 이 책은 그러한 의문에서 출발할 뿐만 아니라 그 의문을 해결해 줄 여러 가지 열쇠와 무기를 품고 있다. 부디 이것들을 순조롭게 손에 넣고 더 큰 '언어생활'의 바다로 자신 있게 나아가기를 바라 마지않는다.

어른을 위한 국어 수업

— 생각의 습관을 바꾸는 말하기와 글쓰기 연습

초판 1쇄 발행 2022년 3월 14일

지은이 | 노야 시게키
옮긴이 | 지비원
삽화 | 나카지마 히토미
교정 | 김정민
디자인 | 여상우, 박대성

펴낸이 | 박숙희
펴낸곳 | 메멘토
신고 | 2012년 2월 8일 제25100-2012-32호
주소 | 서울시 은평구 연서로26길 9-3(대조동) 301호
전화 | 070-8256-1543 팩스 | 0505-330-1543
이메일 | mementopub@gmail.com

ISBN 979-11-92099-03-3 (03800)